云埃

李宜诺 著

时代文艺出版社
SHIDAI WENYI CHUBANSHE

图书在版编目（CIP）数据

云埃 / 李宜诺著. -- 长春：时代文艺出版社，
2025. 5. -- ISBN 978-7-5387-7775-8

Ⅰ . I227

中国国家版本馆CIP数据核字第2025VZ8919号

云埃

YUN AI

李宜诺　著

出 品 人：吴　刚

产品总监：郝秋月

责任编辑：邢　雪

装帧设计：陈　阳

排版制作：毛倩雯

出版发行：时代文艺出版社

地　　址：长春市福祉大路5788号　龙腾国际大厦A座15层（130118）

电　　话：0431-81629751（总编办）　0431-81629755（营销部）

官方微博：weibo.com/tlapress

开　　本：880mm×1230mm　1/32

印　　张：11

字　　数：209千字

印　　刷：长春市华远印务有限公司

版　　次：2025年5月第1版

印　　次：2025年5月第1次印刷

书　　号：ISBN 978-7-5387-7775-8

定　　价：49.80元

图书如有印装错误　请寄回印厂调换　（电话：0431-85678957）

CONTENTS

目录

诗歌与少年

——读李宜诺的诗

　　很难用一两句话描述今天的诗歌现实，它既有目视可见的热闹，也有难以回避的艰困。但无论如何，一个少年对诗歌创作的持续热情，是件多少有些意外和欣喜的事。我问过宜诺怎么开始写诗的，回答是源于三年前一次老师布置的课文改写作业。这个答案有点"普通"，没有想象中与诗意有关的意外或神秘，而且意外地破除了我们对学校教育的刻板印象。原来在应试之外，也有活泼生机的生长空间（当然，这样的学校、这样的老师一定不多）。

　　当诗歌遇到少年会发生什么呢，最敏感蓬勃的年华和最恣肆自由的文体，催化了数百次五彩缤纷的诗意绽放。对永恒存在的持续追问、对人生图景的勇敢探求、对自我成长的觉悟省思，都在宜诺的诗作中得到了真切的呈现。

　　　　永远是最轻的，也是最重的

尘埃也能压倒，火山也能抗下

就这样漂浮在时间的涌流

——《永远》

说到底，时间也好，对存在的永久渴求也好，都源自人的自我设定。而一个少年对这种相对性的自觉，毫无疑问地拓展了一个无比开阔的诗学空间，也给他的写作设定了一个值得期待的重要维度。而且，他诗句中呈现的意象和语料之丰富令人称奇，这大概要归功于当下空前丰富的教育和阅读资源。

时钟被烫成水银

挂在枝头，摊在地面，摔进海洋

多么困难啊，要从

回味中的回味里找

永恒激起的浪

——《永恒六论》

用文字完成对达利著名画作意象的奇妙化用和延展，无论对于他这个年龄的写作者，还是前辈诗人而言都不多见。

少年诗作当然少不了对人生意义的探问与审视：

渺小生存在刺骨冰冷

伟大栖身在易碎钢铁

我要一双

看得最清晰的眼睛

目击差距后

才知永恒之重

生命之轻

干涸是诀别

亦是拥有

多么庆幸

我湮没在寻求

存亡之道的旅途里

——《春日随想录·蚯蚓》

  有没有读出些西西弗斯的味道？很多时候我们不得不感叹：今天的孩子们所拥有的青春期过于短暂了，他们的迷茫尚未展开，就被提前泄露的真相催熟。好在这里流露的"成熟"并不绝然是颓丧和沉寂，而是有着一种可以触摸的硬度，也许应该感谢诗歌的陪伴之功，是诗歌给了少年一副别样的骨骼。

  当然，少年心绪并不会只在存在与虚无的平流层徘徊，萌动的情感和未知的世界有着更多维的角度和延长线：

一篇温润给了你

我的云、诗

不分行的小文字

揉进云里

掺杂私心

你读到，微笑

我的云为你燃烧

怒放晚霞

星群躲在云背后

对我鼓励

我终于在山海的

磅礴气息里

抽离自己

走向，你

——《嚼云》

　　这是我们想象和期望中的少年世界，愿力和可能性互相鼓动，自然和感官彼此渗入，一个正在展开的世界本身就是一首不断生长的诗歌。

　　我问过宜诺有没有特别喜欢的诗人，他说是海子和聂鲁达。这个回答让我感到既欣喜，也心安。海子是个在高纯度的内心生活中燃烧的诗人，他代表了理想主义诗学的极致实践，但无论他的人生还是诗歌，都袒露着某种脆弱的精神内核，他指示有光的方向，但不负责提供通达的道路。而聂鲁达身上却洋溢着不竭的现世热情，诺贝尔文学奖颁奖词说："他的诗歌具有自然力般的作用，复苏了一个大陆的命运与梦想。"这是一个无法解释的恒星般的热源，足以照亮和温暖沐浴在他的诗歌之光里的人们。所以，对宜诺来说，海子和聂鲁达一起构成了一个奇妙和平衡的诗学结构，或许可以护佑着他走上一条后援充足的探索之路。

当然，这条路才刚刚开始，2007 年出生的宜诺正在经历高三冲刺的非常时刻，少年诗作也还没有找到自己个性足够鲜明、逻辑充分自足的语法，但毫无疑问这是一个足够精彩的开始。这是他的第二部诗集，我相信还会有第三部、第四部……并且使他最终用闪亮的诗句搭建自己的花园或星空。

2025 年 4 月 22 日

任白：吉林省作协副主席、中国诗歌学会理事，出版诗集《耳语》《情诗与备忘录》《灵魂的债务》《任白诗选》、中短篇小说集《失语》等。

秋天适合

秋天适合想念
端一杯寂寥
行走在一地的枯黄而碎裂
未来和浓雾共同迷蒙
独自品味已逝的岁月

秋天适合素描
持一支铅笔
勾勒出满篇的华丽与枯萎
散尽的温柔和破碎的缓冲
随微风抹过脸颊沉醉

秋天适合品尝

伸半条舌头

品味洒落苍穹以下的滋味

清甜的空气与弥漫的果香

某条小径在不为人知处迂回

秋天适合早早离去的美好

美好过才了解你有多么特别

为共度的时间浅笑、点头、举杯

多希望将真情永久冷却

装进冰箱，装置艺术

或许唯有如此

才能在匆忙生活中

向渴望短暂一瞥

秋天适合一切因你而起的假设

怒吼的河流平息于仰望

小溪流过，带走季节困惑

遗憾随感性飘过

远方是温和吻云的歌

秋天适合平凡的人们

无暇领略清晨品味黄昏

为人生忙到忘却久违的世界

又是一年，有人没变，有人蜕变

有人退后镇守，有人迈步向前

曾做过的梦如今还有一点儿

就又收拾起行囊

在秋天启航

向希望，向更美的月光

倔强的土豆

午饭
土豆泥的大颗粒
于是，我幻想着

它如何从一枝嫩芽成长为一颗土豆
贪婪小虫，肮脏泥浆
啃噬它最初志向
"我，迷航。"

轻而易举，成长
这个动词总被寄予过多厚望
它熬起一锅泪汤
怎么就消失了呢，我微弱地呼叫
怎么就不见了呢，我哽咽得小声
生存不需要反问或疑问
它让心上长茧，对抗繁杂世界

收获时节，它久违地遇见阳光
"失而复得。——"它说
一组排比句摞进卡车
土豆般的排比句
它咬牙，将信念遣送到身体角落

所以有了我的午餐：
拒不柔顺的土豆，无从开发的潜能
我怅然若失地咀嚼
像一场祭奠，像一次见证

我在写……

我在写一首诗。

了无杂念

横在方格的守护间

像是已预知

一切的开端，一切的结果

像是被告知

一半像云端，一半像陨落

忽然有人走进房间

拾起一本古书

翻到你我都熟知的某行

你明白我一旦脱离压抑

便不愿归去

诗也一样。它飘着

如同一串甲骨文，未经粉饰，不需改正

疲惫的人捞回诗

安置在米黄的纸上

随便点了一行，读道

"如此便将，亦非。"

像吞掉一个苹果，他咽掉词句

像吐出苹果的籽，他吐出诗行

你总假装

事情如你想得那样

我问你如何，你却答无须

像在你手中的，像在我手中的

都争执过却发现我们本一无所有

印象是什么？

一头象印在纸板上

结论性、概括性、熟透在枝头

也在枝头腐败，不想待谁来

删除许多可以的。文章

裁剪大多不被记住的。图画

假使有人叹气，那么定有人狂奔

如果是多和谐的词！像在假定

浪漫邂逅，普通相遇，还是一见成仇敌
蓝色的笔迹，没有位置，没有次序
铺在一张白纸上，担忧被水拦挡
无法分析优劣的方向

我在写一首诗。
不关于成功，不关于利益，不关于关于
谓语与宾语互相背叛
论证可以终止，随意你循环
忍耐的极限被他拓宽

向日葵也是诗的一种
花瓣是它费尽艰辛统计
自己能算作的类别

我在写一首诗。
不算太长，不算太短
除去这行，还有一行

写给橙子

世界有注定要留的东西

比如风

比如雨

难以言说，你的天气

但我想暴雪骇浪

永不至于

当人们用刁钻的口味贴合需要

你总能坚守你之所求、你之所望

圆润的身躯。你

闪躲失望的能力

灰暗天空来袭

你轻松躲避

徐行在茫茫宇宙间

一个特立独行的圆点

爱人与被爱的可能性
在尘埃，你的胸怀
见到美丽
以下坠为代价追寻
收起双眸，以肚脐来
嘲讽挫折

坚强的外壳后
碎成几瓣的心
令我震惊的是
即便心灵幻灭
你仍能重整旗鼓
迎接世间一切
不被辜负的美好
像再失落也
不应把自己套牢

焰火

终于等到你
请你陪我
看一场焰火

遇见你以前
别人的绽放不属于我
反复着我的落寞
直到微弱喧嚣被海吞没

拥有你以后
我仍在深夜寒冷
仍在被遗忘后疼痛
却能牵你的手躲避漩涡
孤独战斗，存活

冷静的我脱掉外壳

孩子一样笑着闹着

失真脸色反射彩虹

一首歌响着

承载我们走过的

抹除我们遭遇的

你的眼折射万千星火

星火尽头，是我

有时，我疑惑

人生是否出错

说的谎比做的事多

背着沉重活

但我听你说

纷繁复杂许多

早餐分歧亦有

生活不为取悦

你爱全部的我

焰火表演

正式开始

我看着你

感觉可以一直看下去

无论阳光毒舌舔舐

或雨水忧郁侵蚀

我不会读心

你的思绪归向

我不知悉

但我想如果吝啬的永恒

愿意将时间从它的酒杯中

匀给我们

无限多也无限少的一滴

我还是会像

第一次得到你，珍惜

风在笑

树在摇

得到世间所有美好

你是拼图的奇迹

绚丽焰火燃尽渴望

火星散入日常

你的心上，有光

未上锁的门

未上锁的门需要一把钥匙

未上锁的门在等一个人

未上锁的门希望自我催眠的素材

不是千篇一律的美好黄昏

未上锁的门说着一种叶片

叶脉叶肉连同叶下的猫狗

未上锁的门提及一次朦胧

——她与诗歌偶遇的脸色多么天真!

未上锁的门偷偷将嘴咧开小缝

他想被掩住的笑总是更加迷人

未上锁的门失落地收回眺望

世间的艳丽都无法为他收藏

未上锁的门创造一些可能

可能是一张唱片临近尾声
在听谢幕以前先倒杯红酒
可能是一篇文章刚刚开头
仿佛写作的过程无须多久
可能是一幕戏剧正至高潮
一浪浪的掌声中有人睡着
可能是一个日子平淡地过
过着过着心就上了锁

未上锁的门等不到那人
索性披起梦想独自旅行
你或许懂，假如你懂
明了便罢，不必诉我

请勿挂机

"Please hold on, the subscriber you dialed is busy now.
Please redial later."

"请不要挂机，您拨打的用户正忙，请稍后再拨。"

——前言

寂静山谷，吞吐

酝酿，一场饥饿的云雨

耐性在流线型降落中

殆尽

…………真在听？

对我来说，你是一个

对你来说，我是许多

体温归零，我往

冰柜深处搜寻

雪白羽翼——光辉

冷冻的乐园

鱼群永不游动

秋千和趴在

它腿上的云

你心的空隙，如

我艰难挤进

够容身的一颗黄豆

其中稀薄的氧气，告急

扇动蝶翅的忙音

痴狂的惊喜

我向你划去

重复

重重复复

嫉妒和怀疑遮蔽

狭隘的视线，悲痛

冷泪盈满双眼

原来我

是陨落的被忽略

究竟何为凭借

你的偏好，我

脑海翻涌

触怒？不该

我的言辞，在

空洞回唱。你

终会忽略这城

和藏匿其中

我的暗涌

接⋯⋯

⋯⋯通？

笑着；立刻

静音清嗓

整理着装

像我第一次见你那样

窗外有明艳日光

清淡月光屠戮白昼

他睡得昏沉

多少次未应答

未曾使他

欣喜的电话

琥珀

说穿了，是

一块浓度最低的宁静

视野在熠熠中冷凝

最终剪碎成身体

触须是探寻

世界边角的路径

眼睛，如果还有

便给暴雨和黄泥

凝结为贵重的尘埃

柠檬黄的诱惑

岁月沉淀成焦土

不忍侵扰梦境

浸染石头的铲子

如获至宝，当远行

路途中偶遇一块意外

也不明成色，像

我曾以为的，我懂

爱，是

爱是云，缠绵而微冷

爱是温存醒来后没关的窗

是清洗过后阳光下曝晒的抱枕

是一杯微甜的苏打水

爱是风，转瞬便无踪

爱是朴素而整洁的衣袍

是一只脚伸到盆外的绿植

是深夜偷偷倒着走的时钟

爱是光，剧烈而永恒

爱是女孩手中鲜艳苹果

是男孩玻璃匣里的肥皂泡

是躲在青石板下的小虫

爱是梦，孕育着感动

爱是清晨六点的邀请

是飞船抵达的魔幻星球

是冒险尽头的惦念

是永不熄灭的火

数学浅论

一、缘分

泡泡一样脆弱，气球一般飞
轻触即碎。你如何追随
垂泪的蜡烛暴露一颗红心
流光了生命只换来枯萎

二、易得

三言两语便能说清
在你看来无须证明
我该如何得到一颗星
难度堪比如何得到易得的东西

三、也许

也许你忘却我们曾经无间

也许我说起一场不被想起的回忆

也许风里、雨里，也许雷里

也许我是说，我是说也许

四、迷宫

是适应吗？你嫌太窄

是挑剔吗？你多贪婪

当编织谜题的蜘蛛死去

一同湮灭的连同我的心

五、平面

难解的问题在平面里歇息

你却驱赶我打碎它的梦境

我不忍心，你命令继续

谁能容许我哪怕片刻逃离

六、练字

思路被掐灭，灯光只剩字体

我加工得努力彰显用心

尘埃落了又被不耐烦的右手扬起

精美的表壳背后是深层次空虚

七、谎言

象征的询问勾出一群答案
我没有神笔只得严肃旁观
这个谎是存活的必要条件
假如你还想看见明天的蔚蓝

八、情感

熔炉里是被切成小块的情感
流畅的流程引来欢笑围观
当故事也被切碎成点滴碎片
才意识到场合或许与理智失联

九、决心

也曾想过不再憎厌会是怎样
是否能有一段欢乐的畅想
但凝望血红一片的数字
萌芽的希望又被暴雪掩埋

十、困境

从来没有祈盼你被谋害过

你为何不能以相同态势对我

越想逃避越感沉溺

你看那被绞刑无数次的我的心

枯叶

一部分的存活

另一部分的牺牲

你想成为什么

就此别过或一错再错

如何描述我：

自然法则的一角碎片

泥土源自内心的渴求

飘零中的飞扬

飞扬中的散落

散落中的飘零

某位画家苦思冥想却只留下一些

其余的

风吹过

埋藏于角落

一支歌在身边流淌
旋律是歌的语言。我想着
我也用沙哑的躯壳唱歌
不会有任何事物，比我擅长

就这样飘着，偶尔说些不成句的字
字出口后静观，空气收容部分残章
所以你们很难将我看清
假使每个字都是对真实的回应

有人在写我。我回眸与他对视
顷刻间被卷入一刹那的恢宏

——顷刻

失眠

一半的疲倦。一个蓝泡泡

昨天的青春不当涌现

我要适当的催眠，即便

倾泻月光

封锁我全部悲哀

清脆地砸在心上

碎裂、回响同时鸣放

该换回风景

无奈心窗失效

回忆索然无味

怎么还不愿吐掉

反复地提醒

和解：口号一样空泛

昨天今天明天

暗灰栖息房间

以何类推？讨好式表演

退却袭上

被细线纠缠

捆成木偶，表达自由

演给窗外的探视者看

备用人选何苦费心筹备

可我不能抛下

生石花。才刚吐蕊

以及猴面包树。还未抵达

因此咽下惊惧，呕出泪水

我才能教，怎么面对

也只是，只，也是

跳起掉落，机械着

为证明实在

白帆船载我航行

我用刀在梦里刻下失眠

喇叭

"喇叭，唢呐，曲儿小，腔儿大……"

——王磐《朝天子·咏喇叭》

荧光的颜色

比平凡鲜艳许多

你执一只喇叭

抗诉你所遭的不公

低音旋转，高音飞舞

独自演出，优雅谢幕

你闭上眼，我合上口

音色不美，令人动容

白天被演奏成黑夜

黑夜却无力翻回白天

于是你要唱，——唱这

孤独的哀啸，响亮的寂寥

就算你知道

尖锐提醒

掀不开某些人的眼睛

就算你明白

悠扬的旋律

也无可避免

高压控制下沦为噪音

你还是要唱，——唱这

五彩的怀念，闪光的曾经

让旋律飘进长眠的心

把沉寂回忆唤醒

让音浪漫进天空边角

蓝天下的人把自己看清

最后你在唱，——唱这

开满花的田野，与田野上的精灵

永恒六论

其一

抵达永恒的名词

爱、时间，你头上的白帽子

一杯被调出四个层次的鸡尾酒

不想成熟的长大，不想长大的成熟

其二

并非全真，并非全假

真假参半的故事更引人回味

借了不还，还后不借

借了的对立面也未必是还

其三

一点儿念头被烧着。燃起浓烟

烟灰倾进海里，无浪、无风，不惦念谁

其四

安定的房子。安定的墙壁

也许有雨，回忆，无论优劣，都被浸湿

所以房里的人并非真在房里

房外的人也并非真在房外

其五

薄雾，金沙滩

形容词和副词坐在一桌

从属，你认为，离永远便近吗？

其六

时钟被烫成水银

挂在枝头，摊在地面，摔进海洋 ①

多么困难啊，要从

回味中的回味里找

永恒激起的浪

---

① 本处借用达利名作《记忆的永恒》中的意象。

同类

孤独太久

心会裂缝

日子、品味、重复

希望与爱相逢

如何寻找同类

依靠记号

嗅闻气味

偶尔失落

导向长久遗憾

我唱着孤单的歌

不期望有单纯

是否有一个人

他和我

呼吸相同的空气

沐浴着同样的风

左手写字，歪扭而充实

满脑怪奇幻想无人能讲

远方的画布，层层包装

在难眠的深夜里体味孤独的重量

犹豫是否用手掌刺破黑夜

意识到整个世界都没起床

金秋

脱口而出的优美

寒冬

探上冰层尝试渡过

有时欢乐

放着音乐洗澡唱歌

有时哀愁

零落的叹息太萧瑟

我在等那一天

越过浩瀚人海

穿梭无边岁月

有人精准认出我

将我拉出深渊

而我略略震惊

却迅速平复心绪

嗫嚅一句

　"好久不见"

永远

还是要信永远的。不然
人生的盼望多到无法数完
流浪在无尽的街头，包括
乞丐，衣着光鲜的白领
和满脸憔悴的学生
奔波的生计也在流浪
如果你还有包装纸，可否
赠我一张，用于
擦出脸上的表情，再
擦除脸上的表情
如此的游戏
那时我们都还年轻
有大把的青春却都用于浪费
还剩下的日子
都换了漂亮的样貌
我去想永远的模样

多么费尽心思也都是徒劳

无形的物体被赋予形状

精准的嘲讽与粗略的赞同

只得作罢

或许你了解永远的形状

比如你

说起白鸽死去时口中的呢喃

说起水池流干后池底的岩石

说起树木枯萎后断线的落叶

也或许你只是玩笑

玩笑见得太多，人

便失去重量，像

飞上天去的马孔多

心里的城市，无知的居民

狂妄的建筑，企图吞并

意指过度明显，生活也便

没了趣味，嚼过后的干涩

无奈的抉择，精准的决策

真的只有一字之差吗？

永远是最轻的，也是最重的

尘埃也能压倒，火山也能抗下

就这样漂浮在时间的涌流

在夹缝中存活下去

你自会习得

源头和后续

关系与链接

影子和影子身后的所有

那也便是永远的全部

呼吸

吸入。急功近利
呼出。条条真理

世界将伤害包装成
华美而不失温度的赠品
我身处生存迷宫
在夹缝中艰难臆测

故事不总由胜利者书写
我也有灿烂章节
我的生命徐徐流动
呼吸。轻微无比

周遭空气污浊
企图污染我
我戴上防毒面具

不让心被暗色的情绪染黑

清新自由的天堂
要靠自我创造
梦境中一切都有
但梦总要醒来

也曾观赏盲从鱼群
也曾偷窥独行狮子
我永远是我
无论你是谁
也无论回归本源的过程
该有多么艰难和狼狈

呼出。天真梦境
吸入。流言蜚语

生命中的第一天

是什么时候啊
当我再次凝望你的脸
当我放下手头忙碌
认真地、仔细地
看着你

时间刻画着我们的身体
一刀一刀
那是岁月痕迹
无人可抗拒

你带我越过空间裂缝
也曾与平淡和轰烈战斗
而如今，辉煌梦想已过

你坐在长椅上

很光洁的、崭新的长椅

我为你梳着头发

你突然咳嗽

我慌忙找水

回忆泛起涟漪

我想十几年前

那个孩子咳嗽

你也手忙脚乱

回想医生交代细节

递上水又怕呛到我

手却不曾回缩

我该对你说

我要为你做

你多少次在过往的深夜想过

时代变幻

风云无情

现在换我为你而活

头顶有阳光和鸟鸣

远方是轻快的旋律

你我静坐在公园一隅

品尝梦幻

观风听云

消耗彼此

生命中的第一天

等待

一本推理小说
一杯加浓咖啡
等待一个人的标配

推理的加减乘除
画不出等号
小说人物换了一轮
我还是等不到你

咖啡从温热摇身一变为
尴尬的温度，一层冰凉笼罩
含在口中，听着走廊里的聊天
很想。但我不能笑
咖啡会乘笑声飞向
没有等待的遥远王国
我还是等不到你

主角，验算手法
配角，啧啧惊叹
凶手，一脸淡然
我还是等不到你

咖啡冷成一滩
冰箱里拿出的鸡蛋
苏打水和没倒掉的面条
忽然想起没关的电脑
懊悔连连也无力改变
轻抿一口
口感像刚化开的黑色墨水
我还是等不到你

真犯人落入法网
主角升华主题
我打个哈欠离开座位
走廊对面的房间
花朵上有清晨的露水
窗外世界却已日暮
猫头鹰在水里洗澡
鳄鱼在一侧垂涎

我还是等不到你

起身丢掉空咖啡杯

剩余咖啡靠着杯壁流泪

甩起背包拜访我的灵魂

离开之前还是转身

我还是等不到你

头脑塞满垃圾

心在等待奇迹

期待能回到

你温暖的怀里

和你说春天的气息

罔顾周围孤独痕迹

我还是等不到你

像是在等

地球亲吻某颗行星

像是在等

一头被捕猎的鲸鱼

像是在等

所有美好擦肩而过

像是在等

服务员将我从某个

醒不来的梦里叫醒

我一个人在认真想念你

油画中伸出一支笔

蘸满蓝颜料

画中人的哀愁

未解意义的生活

午后，夕阳，长椅

盘旋的麻雀

和煦的微风

我一个人

在认真想念你

寒冷从心底蔓延至脚下

阳光晒化。泡影

想请你到潜意识的海里潜水

又担心你不慎

碰触我坚固的冰山

角落松动无大碍

只担心你：我

要守护你的眼睛

曾被一阵暴雪摧毁

你将我拖出雪堆

予我温热的空气

那是我少有的温存记忆

寒风里的身份不过是

被雪掩埋的代码

再见的时刻

我说了什么

相信你还记得

我用粗浅的审美

在你身上营造艺术

几何图形组成你

你却不止几何图形

我的灵魂，为你开启

思念中的你

超越时空的美

声音投入深谷

被谷底的你托起

你说我的愤怒和平静

都是纪念品

要珍藏进你的回忆

一篇文章扇动羽翼

飞过我的时空

我知道它来自你

草莓基地

一、引言

果农

采摘

草莓

腐败

因果链条

莫比乌斯

蛇咬尾巴

无尽的圆

二、生长

担忧活不过别人

艳羡优渥

担忧躲不开坠落

最终落寞

每一滴水
都尽所能分配
尔虞我诈。挤兑

每道阳光
都勾引完美犯罪
常常沐浴的死得凄惨
躲在阴暗的一言不发

每片土壤
都被掐紧命脉
强势扼杀所有可能
弱势存活着，眼睁睁

三、成熟

嫉妒姿色
就推入水火深渊
线头一般
缠绕的刁难

甜美荡漾开

病态。

伴随着浓郁的溃烂

绕开血红的陷阱

躲避暗黑的吞并

活到这一刻

还要忍受

深蓝的恶意

了断也许是灰色的

唯一合理途径

作古谅解

又有何用途

——倒是能

悬挂在半空

调侃几句

引入嘲讽

四、采摘

锋利的锥子切入

哭声酿成的惨剧

坚持也无意义
果农的采摘
躲不开"合理"腐败
只有草莓了解
所谓"合理"
几度经手
又加几层包装
剪去美好想象
出品肥皂泡泡

灵魂有无重量？
如若和草莓相比
孰轻孰重
孰黑孰红

五、结局

像早已预料
又像悲伤遍及
草莓基地的收成

最终不如人意

果农不知原因

唯有顶棚上的灯

目睹

过程血腥

终点可悲

草莓基地

活力四射的草莓

发着荧光的精灵

最终

成为没有知觉的身体

眩晕

迷幻的六种颜色

红绿橙蓝紫玫瑰金

随着摇晃眩晕成一锅汤剂

喝下以后

变成巨人

或是矮人

吐出火焰

或是水柱

落单的人

拥有无尽的时间想象

晕眩之后的磁场

谁和谁相依

谁被谁排斥

谁和谁相吸

谁被谁嫌弃

人际关系

难解的谜题之一

奇异迷人香气

随混沌时代飘进脑际

此时，格外清晰

沉默者不愿

彰显个性，逃避

瞌睡者故意

拾起贝壳把戏

试卷。劝解堆积

荒芜的心灵

我不想打理

如果清醒的目的

是正确逃避

难道逃避后

能真正清醒

地板棱角突起

天花板坠向地心

我观赏着关于我的

华丽闹剧

终于耗尽勇气

沉沉睡去

醒来正逢深夜

一队嘈杂经过楼下

浓郁的黑

深沉的暗

枕上的六彩烙印

我双手轻挥

甩荡双腿

天梯预备

我要离开人类视野

向头脑尽头进军

天才与重力

发现重力的人绝对是天才
他用苹果的血研究必要的依赖

一旦重力不再中立
向地心或疯狂倾斜
天才也就不是天才
他是恶魔，是白痴
一切不合情理的悄悄腐败
还在祈祷，可未来
链接脱扣的无上悲哀

也只是一说，说过的
总等着被策反的
阴暗解放
明日只不过是
对今日的拙劣模仿

日子越过越差

生活越活越乏

因而发现天才的未必是重力

天才被埋葬也是天才

离心牵引，磁场电波

人们的脸上总有异样神采

大抵是怀念，却怀念

天才头脑里的尘埃

春日随想录

在一个似是而非的暮春中午
某一次居中偏后的随性旅行

蝶

云端裁下的找到归宿
正如、比如、假如
雨也能起火
那燃料一定是蝶的灵魂

充耳不闻生命的颜色
我愿、我要、我能
唤醒麻木的眼睛
花的生命由我赋格

蚯蚓

做不了月亮

就当萤火

大雨侵蚀我的生活

啃不掉柏油围绕

梦般耀眼，那一方

渺小生存在刺骨冰冷

伟大栖身在易碎钢铁

我要一双

看得最清晰的眼睛

目击差距后

才知永恒之重

生命之轻

干涸是诀别

亦是拥有

多么庆幸

我湮没在寻求

存亡之道的旅途里

长椅残骸

曾以为温暾承受
便能博得
百分之一的感谢
不求赞颂
只想在黄昏降落时
拂去尘土
悄悄庆祝

因而你放任疯狂的
疯狂到疯癫的黑
涂抹在心上
直到痛苦将你
双脚的最后角落
刻上脏污

那是平凡
无从承受的极夜

我，抵达
你，沉默

一个惘然

不完全荒芜的情景

投机取巧却

被你默许的

紫花

绿草

虫鸟

与你的笑

出乎我料

毫无寂寥

不曾取得

一味施与

浸泡在悲哀里的木头

也能被岁月治疗

镀上鲜花

蒲公英

安静吹送着

被风，也被爱你的人

你的羽翼是

我渴盼飞行的心

一如往昔的氛围

和谐、微流与宁静

随意地出行

脱掉忧虑的牵绊

你的存在便是

草丛最美的妆容

如若沉重

还请随风远行

蓝色小说家

偷来的蓝色颜料

堆在墙角

吐露疑惑

反刍凝固

多且不被需要

阴而无雨

适宜回忆

翻开蓝色相册的人

是你，却不是你

毕竟你没有忘

相册里的东西

蓝色的热情

倾泻的热络和延续

不成章的节奏

暗示红色结局

你

沉溺其中

热情是

飙升的汽车里程

开始即失控

蓝色的庆祝

遮不住黑色的寂寞

正如蓝色的笑容

牵动结痂伤口

勉强地

你保留着彩色的东西

无言的场合

舔舐、治疗、再撕裂

浸透蓝色的人

流着蓝色的血

蓝色的阴影

剧烈的过敏反应

你知道过敏原在心里

某个不再蓝的

亮到令你眩晕的墙角

它不产生于你

却作用于你

可叹，命运

交错和失衡的不公平

蓝色的许诺

常常在轻浮的云嘴里

白色气泡

众多的嘴

你被赖以生存的颜色包围

蓝色

一桶你积攒几年的蓝色

泼洒眼睛

浸染头颅

沐浴身体

你成为蓝色的唯一

蓝色的世界

偶有不甘

你说

蓝色的你不是你

可彩色会

灼伤你的眼睛

飘飞的利弊

疲惫、凋零再放弃

蓝色人生

注解躲在幕后

解读着艰辛

生活继续

蓝色的文字

排列为

诊断书

药品说明

深蓝小说

你搜集颜料

饥渴着干涸

干涸着饥渴

那一日的蓝

你要用所剩无几的

视力和完整的心

完美调配

夜幕、手表和衬衫

失温的某一段

蓝色经历

却不

有时长效的清醒

反而，带来更丑恶的涟漪

隔离。却不

使人清醒

纵欲的沉溺

黑暗欲求控制

白昼拒绝解放

半梦，不醒

猜到你运用阴晴

未料：极端小径

却不封死水泥

喘息，也算

令你狞笑的声音

脱掉身体

只留一种震慑心魂的

病态清醒

朝福尔马林里的眼球

投射紧张和偷窥欲

头晕却不极限

所以你

还在吞噬星球里

滚烫的情绪

却不察觉；始料未及

总在风雨咬掉方位

船只坠入人海以后

一声浅薄

而无谓的叹息

净土

因为难忘，所以耿耿
因为耿耿，所以难忘

隔绝

隔离，却并不封闭
只需绿荫
偶然性地，岁月眷顾
经常性地，孤寂自得

安置情绪的完美场所
是此处宁静的河
草木欣然，容纳
虫蛙栖息，与共
草原拥有过蝶，恰如
此处曾拥有过

现今，无尽的遗憾
拥挤过
眠床的陨灭
壮烈堪比流星

相遇

车轮和丁零，窃语和旋律
天，微凉

隐约风吟，飒飒清爽
惊奇、发现，最终的满足力竭
易碎的美好，手掌捧着
小心往玻璃罩里放
明知别离晦涩
仍要放任感伤

往返的熟稔
每条小径都有花香
清净、清凉、清爽
鲜活到滴水的快乐
钞票无从想象

是否按住身体

灵魂便不飘荡

自诩不羁

愿尽数抛弃，换

如常一晚

破灭

遮蔽日光的宣传

连月亮的脸色都不能

隔断

拥挤的鱼在池塘

饥渴到和感官隔绝

饥渴——吞噬鱼食

撕去理性

倾倒尊严

噪声制造着巨浪

媒体视窗的欲望

摩托引擎的激烈

轮滑穿梭着不屑

当落足之处从

树枝移除

该如何用双足丈量世界

疑问，无解

喧嚷，依然

何等悲哀

深绿也被污染

净土覆灭

还试图对我隐瞒

痰液、垃圾和高声吵闹

它向我求救

逃离的我

为自己的无能

惭愧

因为亏欠，所以挥别

因为挥别，所以亏欠

游

——赠两位给予我相信力量的同学

一、逝水

你有风的自由，故而

抛弃云的簇拥；我

被云赠送柔软

远远观望着你

是如何成为

阳光也无法阻止的存在

瑟缩在静止

与孤独之间

漂浮的愿望

遮盖我穹宇的一切

永恒和信念相对

未曾了解的皎洁

某个春天下午

营造浪漫的

春日雪弥散在你我发梢

你忽然

收敛冰霜的眉角

将自由小心折好

手捧一束明亮的光束

——那是一块愿温暖我们的太阳

在浮尘和所有期盼的边缘

你这样说

像置若罔闻风的嘶吼

头戴一顶异香萦绕的花环

——那是一段彩虹光芒的未竟之梦

当恶臭的现实张牙舞爪

你这样说

像浑然不觉海浪侵蚀

背后一双希望织成的莹白羽翼

——那是一种平静中闪光的力量

被黑暗的岁月重创以后

你这样说

像执迷不悔凝望苍空

命运和偶遇

碰撞一段悦耳旋律；你听

我们最爱的歌

风筝划破晴空

隐约雨滴，洗涤灵魂

晒过的羊毛毯

与你，不染的洁净与清香

承接我的寂寞无处说

点破我的迷宫不摸索

明暗交界

晨昏不明

你和我相对

平行的无言

你在光里终结我的悲哀

我难以置信地应许

看到你那双

曾直视星辰轨迹的眼睛

仍是恬淡的日子

不过多出我和你

二、炎狱

星垂平野
月光滚烫
融化的乳白吞噬草原
被裹挟也被勒令
我乘上一匹幽灵
向猩红的地狱狂奔

万物倾颓，你
跃向我，甩来一条
极细的线
包含着一切颜色，却
又不含任何颜色
你说，
握紧这段纤细而易碎
像我曾说过的
要像拥有无限，又如
最后一天般坦荡地唱

笔尖在脸上，涂抹
黑、蓝、大面积的红

多少章精彩都沦落为
质疑与批驳——
荒唐！用笔迹定罪，以评论谋杀
我想，罔顾血肉模糊的左掌
昏暗的颓靡里
线的微光是唯一解药

心声真由心生？——
肮脏的词句，猪头与马面
吐露，庆幸地与恐慌地
都是不掺伪装
无止境地吹刮
几何图形与染血文字
我感到皮肉都
错失青春般剥落
脚下掠过的是白骨
信念和疲惫交界的产物

放手吧，——我想
当线另一端剧烈颤动
当白骨渐变为澄澈的洪流
与何人，都有终

就连无私岛屿

也将被沉没标记

翩飞时刻，某一帧

扫到我眉心

那是你，开满鲜花的右腿

额头的汗滴

频繁的提示音

时间怒目而视

棉被永不磨灭的温暖

击碎沾水毛巾的清凉短暂

锁定每次交错目光

掩埋者的企图

在被点破的一刻

破灭纷飞

向光，也向有爱的方向

一往无前，只需飞翔

灵魂重装为雪白骏马

我和你，在马背上

牵手凝望，向往

有限的远方

三、蓝星

浩瀚星河之间

一颗蓝星孤单运行

袅袅行踪

沉沉陨落

同宇宙寥寥往来

我有限的世界

渗透无限臆测

星球引力融入大气洪流

晕眩地计算。利弊

权衡说服的可能性

另一枚旋绕凑近

艰难思索；抉择

终于融入

你奇妙地摒弃互斥的原因

与我享用和平

安宁的时代

悄然降临

一点繁星，一垂紫丁香

一晚静谧，抹除赠予

放松戒备，微凉的

风和浪的眠床，你我

并肩平躺

有浅笑翻越围墙

明亮在你面庞流淌

伤痛被抛掷，遗忘在肩上

视野内

即便极夜

也有日光

傀儡操控师

我用最后的火红解码你的眼睛，发现其中只是伪装
为星的一潭死水。

——引言

一、鹦鹉

未病

多简单，你说

吐露词汇而不运用

啧啧称奇的肥厚脚掌

脆弱的一群

隐而不露的基因

莫非病入膏肓的

总难察觉

从不声张，病情

祝福

出口成章！

多华丽，措辞和

堆叠成积木大楼的

问候语；你

吃力咬着催眠语句

蓝色是对，红色是错

他说；你说

这是橙子，那是苹果

他说；你说

你是虚空，不值同情

他说

痛

漂浮在尘埃陪伴的

飞羽，遗憾地听到

你说

恩赐

粗糠

和脏水

眼睛，郁郁寡欢

和不由分说

脆弱的神经

和明知但不在乎的

受惊，防卫

过于弱小被视作可爱

正反都为输

却也可能赢

你在笼中

垂下头颅构思

被呵斥惊醒

新的一批面具

——笑面相迎

魔术

掌声欢迎

站在舞台中心

燕尾袍，黑框眼镜

手捏鸽子

你拴着脚链

停靠在他的肩

红布落下

鸽子变羹汤

你惊恐，他看你

你即刻会意

玩具箱里

长霉的玩具

和垃圾车里

川流不息地穿梭

游戏

二、分裂

阈值

限量贩售

极端的紧张和兴奋

他将你揉进谷底

再扔上过山车

绝对冷静，他说

缩紧的阈值

恰如巨网

你的

喉咙、肺叶

喘息、悲叹

记录在案

燃起

路过者所见的

余烬

镜子

镜里看镜外

惊诧目睹

一把羽毛

寻踪不得

他爱赤裸，你便

让丑陋的真实

无限成真

温柔的嘲讽

讥讽与递送

他说是美

你傲然展示光秃的寒冷

引以为豪

寄生

海底的，最渴

寄生渴望寄居

寄居渴盼坦荡

挖空心脏，迎合

宿主的愿望

给予生存，也

剥夺空间

——太重

你常常想

你爱蓝色

胸中却塞满灰黄

合数

合——和，何？

层叠演进的拆解

富裕的都贫穷

光鲜的都孤寂

反复

茫然

十字路口的崩溃

好过光与影的纠缠？

三、挣扎

怀疑

疯狂与风

吹送世界冷漠

刺骨颜色

太过自以为是

遗弃与堕落

瞳孔前迷雾薄膜

脚爪的暗疾

无人知晓，直到

重伤

霓虹

我也曾这样

凝望霓虹，你想

流动的光

漂浮的想象

你有多久

失去日光

灿烂的羽毛被

尖喙给予苍空

那是你剥落的

自由

终于忆起

翱翔往昔

璀璨闪耀，飞羽

和游荡在

天际线旁的心情

染红土地，泪滴

破笼

暗记演出场

窗口、大门

一切关于光的

蓬勃的信任，由于

伪装无神的囚禁

庆幸于仍在

生长的斑斓

替代霓虹的力量

放松的脚链

悬着的威胁

注入新生的羽翼

抛出以后

决绝逃亡

重生

浓郁的

鲜绿、翠绿、墨绿

重归绿的海洋

扔掉说人话的嘴

鹦鹉星球只需叽喳

戴橘红脚环的鸽子

竟未成菜肴

破碎的镜子，重归完整

霓虹跌入水塘

彩虹闪光

倒映着

青春怒放

笼中孔雀

也许是命定吧；他想
尾羽浮在风的面庞
忽而隐没的光
断裂的化学键演奏
一首曲，不成章
尘嚣之上，被抹消
一种云，不滋长

啄食是为生存
在病态饥渴的目光中
依靠阴影，全身而退
活着是为体验
必须有
烟雾中仍清晰的视野
沉默而不冷漠的光线
恢宏却被撕裂的

拼图宫殿

取悦。多悲惨的字眼

他用满篇夺目的绚烂

妄图令世界免于

转动艰难

每只眼睛，脆弱至极

各种情绪，他总

聆听，收容

汇集成一个能被接纳的

自己

鹦鹉的簇拥，你

他不沉没，也不飘游

模仿与强迫

被悲哀与悲哀

他用宽容而慈悲

与飞舞的花团相对

曾见，幸而

兴衰尘埃随风

丛林和苍穹

山脉女神

抚平他们

关于人的剧痛

无须搜集

证据自在澄澈之心

干净。他

梳理残余的优雅

踏入梦中窄径

覆灭和爱抚

隶属在一篇序言

凌乱——有序，模糊

尽量的字迹

脚爪撰写的历史

刻录在孔雀的文明

偷窥狂

他在鱼竿上旋绕

道德模范般

吐露正确的鱼饵

冷雨。不再

平淡生活的湖

湖中唯一的鱼

水无法满足

鱼的全部生存条件

咬钩，剧烈振动

狰狞的脸，脸上

被压缩的圆

摄像！摄像！

他以艺术要挟世界

太阳抓来云躲在后面

当三只眼睛两个焦距

重叠，完美纪念

清淡的拒绝

牵引一串卑劣的浓烈

欢笑，强颜

饥渴的汗

嘴角滴落

时间和自我，剥离

满足要求

闪光转动的黑白

从棋盘撞向

眼窝里的纽扣

所以他痴狂。搜集

叶子和花蕊的彻夜倾谈

松树躲避追杀的秘密

雨水躁动天际的原因

从不靠近。狼群

发现他披着狼皮

便按同类处理

钻洞——水管、墙角

和一切没有双眼之物

打孔——天花乱坠

和沉入云烟

毒针缩在肚腩

刺破粉红花瓣

绿。蔓延

嘶吼寂寞了时间

惊慌却平静

笑柄式的发现

戏谑的口吻

全副武装挑衅手无寸铁

自以为万事俱备

注定结局悲惨

下坠时的网兜

网住他的

嬉笑

伤口汩汩

如泉悲痛

未知状态的偷看

暂停与否

耗尽信任的考量

他自得的笑容

阴险的手段

搓出一个黑洞

跳跃的情绪飞舞而进

掏空的心

逃离的肾上腺素

由于偷窥

肿胀的眼睛

水流冲洗便能复明

双手沾满

悲哀。苦痛

附着皮肤

烙印在激动铸就的

透明肌体上

断句如断桥

切割命令

弹射给

装载疲惫

不得靠岸的

船

隐瞒谋略家

我的灵魂

做过手术

医生手执精密仪器

解码区域

萎缩的圆形是快意

张扬的墨黑是

排海的石油尸体

身体有我不能预知的神秘

深夜有他始料未及的清醒

晦涩：纷飞语段

我将真相嚼碎

气泡从掉光牙齿的嘴里溜走。如

无解从文字溜走后的痕迹

中毒的意志

所有都趋近本能

本能地吐露和掩盖

丑陋的脸漂浮在弯曲和扭转

裁剪后旋转的时间旁

猩红的舌

嘴边艳黄的血迹

腥臭的涎水滴成长河

淹没求救，纵容游泳

区别。多像

膏肓

五种颜色的病情

瓶口忍耐到极限

引诱和宽宥

如梦初醒。惊慌

生存不是为忍耐恐吓

我想，边给房门上锁

门锁

门栓

密码

指纹

渺小的愿望赌上生命

关系越近

越易冰冷

佐证：苦痛和重伤

轻盈回荡

利刃、台词视作正常

揭露：这样

结冰的眼睛碎裂

罔顾异物，纵情流泪

蚯蚓和鱼鳞喷射

被雪人逮捕的我

罪名是

破坏冬眠青蛙

沉寂的安睡

交出视力，我

依靠胡桃木拐杖

在宇宙的边缘摸索

碰触一群被流放的焰火

绽放即重罪

种类。诋毁

被理所应当地剿灭

秘密太重。苟延残喘

逃亡尽头已力竭

年轻的焰火们逃离冬天

终于能依照理想

我昏迷在氯化钠和

活性炭的包围里

焚烧了机密

将成为我

最安稳一场睡眠

请你

我切割孤单

淋洒酱汁精致摆盘

镜头，绝对温暖

寥寥的关心和

刺痛的背叛

双人份的晚餐

独自吃完

食物和体重塞满

疾病与虚空

冷

你如雨潜入我的沙漠

紧锁核心感情

深埋粗糙的装扮下

尴尬地将你放置在手掌

我的沙漠

唯一植被

海市蜃楼

拿不出接待你的绿色

你蒸腾云中

说我们会拥有一切

包括春天、摇晃和光

就连我滞后的节拍

也为你轮转；我想

你将让我灿烂

我回到我的海

鲸鱼以绝对的慈悲俯瞰

浮游。时而、兼得

原谅遗弃和别离的寄居蟹

搜寻，以

初生那般急切

怎能让你独拥死寂沙漠

暗潮

涌流的绝望，我吐出

你以外的所有愿望

紧握倔强

海底火山

喷涌是炽热的思念

怀揣你

临别时赠我的一把沙

剧痛，我的肉体濒临癫狂

当红与黑散尽

他见我

光华莅临他被水

沾湿的翅膀

"我识得它。"

指着我头顶

皇冠上的莹蓝暗涌

他说，他为

一片深爱的干涸

牺牲飞行的能力

曾经傲视层云

如今自我揉成水滴

恳求风的同情

我要他那双

冷却僵硬的翅膀

和能变出鸽子的木箱

他答应，不迟疑

我要他半颗

铭刻热忱的心

他吞咽，也应许

从此

海中的人去陆地

陆地的人在海里

辩解招致更大篇幅

怀疑

每日相处的面孔突然

狰狞、陌生

霉变。曾幻化完美诗篇的

我的右手

无力地垂在腰端

彻骨的冷

我懂你曾承受

残破的心终究抵挡不住

海水的挑衅和侮辱

陆地，无限近——

远。我将

想念叠成信号

祈求

昏
迷

我在沙丘的一端
计算云彩
云和雨由来不同
感应旋律
像你的声音，你
请我到海岸
我从未抛开沙漠
却决绝地为你狂奔
落日余晖抹杀
我最后拥有的
你是唯一。我
熟稔背叛的理由
跑过草原。蚊虫
挂满胸膛和脸
跑过雪山。暴雪
洒落，击碎
我的信念
跑到海边。看你
心上的裂口和

后背的空落

蓝色，芬芳

安睡于你手中

守护到黎明驱逐黑夜

繁星汇集成一束

日光与你

同时苏醒

道德变阻

电流冲击；宇宙

通信遗存的声音

和磁极呼应。表盘

因摇摆的道德陷落

指针失控

数字剥落

雷暴和娇弱都

缘起于道德变阻

豪饮鲸吞。浓郁的酒精分子

缠绕飘浮在沙发上的灵魂

受惊的马群能踢踏狂奔

某人起身

拒绝开窗的烟草享乐

交杂气味；干呕和

晕眩。星云泛滥

严禁！他警告你

酒精损害肝脏

吸烟灼伤肺叶

线圈缠绕，变阻

自行开启。拦截

一切对自我不利；轰炸

损害视线内的同类

所有质疑

打压，以关怀的甜蜜

甜蜜到窒息

电阻拉向极值

阻隔低素质电子

开关也会疲惫

电池终究搁浅

闸门，不再

脏话喷涌，从

那张平日温柔的嘴

垃圾。不自生自灭

而是踢乱成果

亵渎努力和制度

自以为值得赞颂

川剧，精彩

台上屡屡更换面孔

比不过他一成功力

催促；燃烧的焦急

伪造时间

制作虚假

咆哮；撕去恬淡

何必？暗暗抱怨

当圆环的残缺要用眼球填满

也只是隐忍

谁敢冲突

嬉笑和喧嚣的脏话

又一张脸。变阻

滑移，忽略

数值劝阻

所谓朋友——至高追求

骨肉怎比流水

无尽的抚慰。关心和

柔软抚摸。甜腻

变阻以后，再无

高墙抵挡悲伤

冲刺地陨落

碎裂

心脏

变幻道德的人

怎能嚼到电路的抗争

用餐。餐桌上美好心情

解剖、蚕食

异物就当意外

横行世间，啃噬电路

朝谴责和乞求

无辜亮出道德变阻

效力等同

迎向石穴

五种风

拉扯功用

徒留空洞悲鸣

城市切面

一、夜游

思忖多日

终于成行

回忆是河

颅内流动感性

言谈老化理性

深夜，还原剂

玻璃窗倒映

水雾蒙蒙的自己

繁星坠落在地

路灯破茧

不与月球争辉

勾引不宁心神

难得假日

油污和残剩

腻糊飞奔

耳畔，空灵

噪音净化阴霾

干燥而自由的空气

二、灯带

十字路口

徒步的疲惫

周遭的冷漠。川流

越黑暗，越匆匆

红灯绿灯。规划为

绝对的节奏，像

沥干冒险的人生

你是彩虹涂画的杰作

我想着，看到霓虹

河的生活恣意流淌

每种光的出现。设定

过载、背叛的程序

夜和人将自由还给你

从此你闪耀

落点希冀

不是简单的提醒。

你终究熄灭

躯壳赠给透明

痕迹？名为污染的唾弃

但我记得你

迷雾中的沉积

有你，便是水晶

三、宠物兔

安于豢养的笼。它

瑟缩在粪便与

青草中的身躯

双爪按紧铁条

粉红。满足人类欲望的铁条

依靠后腿站立

它想要飞

奇异的界限。它理解

不透。为何
两足动物在眼前走
庞大的颤抖
啃食着铁笼上的漆
祈祷能熔化囚禁

同类被隔离在未知地带
孤独的海被抚摸填满
讨好所有的温暖
唯恐离散
也许星空下又思念
那，群体？

四、花园

热爱，盛开
如理想正澎湃

她是生活的主宰
穿梭，石拱与凉亭
拐杖是她的魔杖
点到的种子便得春天

风起。慢挥

云涌。轻落

青春蓬勃地滋长

木栅栏的守卫。它们

幸福地微笑

她清扫尘埃

向大雨和泥污宣战

温柔的大黄狗和麻雀

成为挚友；铁丝网目睹后

掩住笑容

芬芳吹送

心中埋种

五、夜宵

烟火就在日复一日的

食物热气中升起

辣能放肆汗水

不快，我拒绝追随

音乐停泊在窗外

神秘的云

车辙延伸给

深夜宁静

并无波澜

手握岁月

我的回忆栖身于

一个气泡，足矣

聊天，和

——记一次聊天，给好友 T

聊天，和你
和咖啡禁令
和旧作故人

活着总有好事发生
阴霾下的行走
影子拆下，给风
你完整了我的赠送
头昏。药物副作用
偏离的真实
头顶昏暗的吊灯
不是抚慰
而是汽笛

冰块的陷落让

语言稀释成

言不达意的感激

给予，互相，正如

类似伤口共鸣

灵魂相拥

关切和问询

天空的眼睛

没有面具

晕眩和痛楚

迷惑的感触

失踪比清醒更擅附应

棋

不是执阵者，遗憾在此

不止一次

不止一处

病

深切的感应，留下

耐性与声音

如果宁静也算

那你的回应

超脱声音

晚餐

食物光彩暗淡

松弛地进食

不忙、不赶

难得一顿好饭

一慢再慢

无声地交谈

分别，以

无来由的定律

感受暴雨中暖意

云浓滴墨

抗争，与

日常的动力

阴天快乐

——灵感来源《平日快乐》

所有青春，左边

荒诞却写实的天气

昨日晴，今日阴

阴天，厚重、浓郁的积雨云

沉醉，不颓靡

独舞的魅力

阴，适合

回味你嘴角彩虹

给薄被眼睛，喘息

浓缩于还原，像

先行于缓拍

不见日光和享用都是奢侈

还有呼吸的日子

边界有限

惊奇无限

阴天给的体感不愿归还

冰而不冷，漫游一篇

休息而短暂，赋格

厌烦、慨叹

承受窥伺和嫌恶

我感念你的。你之下的

疲累的词汇

轻盈旁观一阵破碎

闪避，恶疾

黑布遮盖晴空歇息

猜测，缺席。因为重病

不过暂时崩溃

它想突破重围证明

无辜、不轻易

被挡回：情愿

安眠等同乱坠星垂

野郊的顶替

狐对病狼说

我可助你

猎物循迹

狼答，求你

放掉怀疑

重驱信任

就当健康，无形

应许。轻轻

如遮蔽日光的云

太阳是云的眼

奇迹总能解围

时而飘雨

雨丝是圆圈

而非相对的线

直觉说，我

该抛弃伞骨

身披伞布

面目从容，走在

土地上

我信不灭，才

抹煞眩晕，离开

熟知的环境

阴雨的意义

是吸取人生阴霾

和获取力量

一件未取

要拿自己躯壳

一用于测量

一用于深刻

漩涡中，你我

轮转的时刻

换作阴天思索

故而，咖啡配饼干

摸索、孤独

和翻越过的坡

喧嚣的世界，充耳

陌生和苦涩，总

不免折磨

一头海狮

从海洋馆逃离

未知群体

稍一摆尾

抹上深灰再谢幕

去往，更晴

或更阴的地方

界

熔炼月光

熔铸分行

无形和边隔

万亿年前

两颗星球

他说，我将用

浓缩水源

与轻浮气层，和你换

你最隐秘的花香

她说，你的梦

伪装——暴烈而疯狂

遂走，他留

她烦忧，甩出

永恒的闪亮

无限宽的阻挡

行星带见证

宇宙史上

首道分界

人们慌忙

脸摘下又合上

气场和情绪席卷磁暴

头顶垂下围墙

阻隔温驯

扼杀海洋

穿梭在墙的迷宫

而你的自由

偏食依靠

此刻迷惘

墙上的脸涂着艳红

你只想找平衡

却失踪为不能承受之重

身居数位时代

麦克风在幕后嘶吼

镜头拉近

模糊焦距

灰色的面相用何破局？

屏幕和眼

破灭极限

虚实交界的横栏

亦可阻隔冷热

就等日子经过

他强制忽略以为遗忘

他说每一寸的反抗

都是吞进胃的针

他将画报贴到电子屏

觉得完美艺术需

铺天盖地到残忍

他坚持制作炮弹

朝茫茫夜色开战

妄想将暴怒情绪递送给

宇宙的每块边角

总在心满意足后

边呕吐边大嚼

总在贪婪淡漠时

被空虚和冷战套牢

而你我，冷冷地看

铅灰在剥开，那冷战

偏向夜晚，他

用文字构筑帝国

有魔力的巨型皮球

碾压无辜草苗

合理推脱

卸任罪责

吃花的女人

头顶金芒光环

飞或糜烂，都在

地心的答案

构陷——殷红和污染

他绝望，背着文字逃离

坚强忍不下背叛

不解的眼睛

放射强光

编织光网

屏障了他的流亡

力竭，他

用最终想象

界限文章

分层

铁锅倾倒污水

明净混合着

泥土酱料一类

一只幼小的飞虫

躲在一角偷窥

极致的安静

可构陷正确的清醒

过期豆油的澎湃

在喧闹中成为

下水管道液体的统领

水分为三派

拆散分子

更改基因

它们脑汁绞尽，要

成为油，一体

活着的油都已过期

懂得：断裂以后

再难还原

即便艰难，也要挤进

群体内部的风靡

席卷宁静和安息

终究是相差甚远

终究是后悔莫及

原本自我

无处追寻

空中飘过

原子散去

平静的湖

涟漪未起

冷静的麻木

弥散的死气

它们听从油的差遣

用风光和理想

换一顿晚餐

那是油嚼剩的佐料

倒也称香

被踩脚下，湮灭

向往和明亮

昏暗的水管中

碎裂为淡漠的日常

毕竟蒸散遥遥无期

抗争，何必？

巨浪，被你们掀起

油滴水不漏地抵御

尖锐的器具

在刀架，在橱柜

唯独不在你们手里

仍旧持续进攻

你们不信永恒，只信

永恒的尝试能

使顽固毁灭

谋划与部署

冲锋与牺牲

不惜透支一生，要见

黄色封锁的破灭

井喷发生于四十五分钟后

他只当平常故障

它用渺小观望

水池中无精打采的黄

明亮到闪光的水，配上

你，和你的

你的眼睛是

镀过大梦的尘埃

比较，你说过

不能让任何一方快乐

故而电灯罢工后

蜡烛也熄灭，因你

我们都是化蝶后不适应

崭新规则的虫

在旋律的大网中找共鸣

我拒绝过许多人的

拥抱——也包含你

肌肤的亲近

于我是严苛的入侵

四次幻灭，分别发生于

预谋

试探

拒绝

失温

你铭记我的过敏

容纳我的索取

我从深水捞出一把星星

你用惯性的幽默收走

上岸的我

愤怒地与你分离

订制出粗糙但

包含一部分我的精心

握紧我被海水里的盐

灼痛的左手

捧起我的右手，曾

制造梦幻和无穷

你追上我，抹平

时间和痛

我说我给过，你和你的

灰色无声了你的辩驳

撕碎朝露

你不懂得我

决定要走

后来你说

你梦到你的双手

被雪白花瓣和羽毛铺满

打碎想念的储蓄罐

你飞跃云海

不为之内

只为以外

云上的巨人给你

一碗浓郁而甜美的汤

说饮下便能

忘却我，连同

我们分食的艰苦日子

你掂量自由和

一条总伪装成河豚的鱼

毫不犹豫地放弃

却被蒙住眼睛

灌下不羁的风

与清甜美味

滑进胃里

你的翅膀毛发褪色

坠落在气层的河

乱流和舞动

森林中树枝的排队欢迎

你遇见一个人

在气力用尽的时辰

你问好，他呆愣

像冷淡观望着聚散

你想不起他的姓名

你在脑海打捞

不是恶魔，不算神灵

你似乎使他受过伤

即便运筹帷幄

你也慌张

他懂得不该在错误的

冷风中给你记忆

就嚼着、嚼着

却不能咽进肚子里

他接纳你，你以为是

出于巧合与慈悲

他在你沉睡的片刻
让壁炉温和吐息
在书和笔的边界偷瞄你
你怎会明了
他愿你永不知道

你要走
为松鼠公司运输坚果
住在树屋，从此搬离
他浅浅地笑
最后也没出口，他想

光阴不为祈求而动摇
你和他苍老
你不再记得你们度过的分毫
他却甘愿
让你拥有爱与被爱的运气
直到海底长出青草

你说，你料想我也如此
我该如何诠释
爱的奇异，自私亦无私

我竟混淆二者含义

故而要送你轻盈

胜过华美而昂贵的毛皮

我说，痛苦和枯荣后

我不再是我

你永远是你

我要给你相遇的运气

与分别的勇气

才能被时光饶过

当我们的飞翔陨灭

与你笑谈往昔

杂物

一、玩具

应激的玩具，头埋进角落
脸上有肆意，有制约
克制而隐忍的抗争
不被熄灭而终结

当圆月不皎洁
拓展的模块失约
棕红的线织成凛冽
电池心脏破解完悲伤
精确情感投射进红眼球

二、旧书

一篇文字
一个时代的风靡

日子逝水

不留情面地飞

握着一把变质的日期

透过岁月的一页，看你

纸和纸上都过期

奇迹冷却成平日

沉迷过推理

如今算不出光滑猜忌

平平，当对比

怀念无算计的空气

和旧照片里彩色的自己

三、隔音耳机

该怎样隔离

真心和杂章都被赞颂

苦涩和刺痛不必说

川流、噪声

在永别后竟也

嵌套以扩音

偷偷延续不良的习惯

温和恬淡的旋律

抚慰因生活糜烂的心

又生长彩虹和蘑菇

就算世界与我为敌

吉他手太过聪明

偏执的心也将灼热思绪

抚平，说

微凉的阵雨会让

孩子们找到相信

四、抽签箱

随机的我

不定的你

磨砂吸引也阻碍好奇

将日夜的努力投入

筹码和任意的塑料箱

裁剪、思量

失温的情绪里你是网

捞起一条掉了颜色的鱼

鲜红的架子路灯下
沉默矗立，算是舞蹈
扩音器在歌唱
一首忧郁的歌

短暂的疯狂终究不风光
你说尝试大于结果
我想意义都在过程
即便如此
肆虐冷风
咆哮散落在空气中
我仍旧深感刺骨冰冷
来源是取代，或是区别

五、拼装

聚散悲欢
人生在色块和组合里完整
当你被拼合成
呆滞却可爱的一整个

创造你的我

看见命定轨迹

交送寒风

六、漂流

任幸福和艰辛的激流

在耳畔呼啸穿梭

划着皮艇自有欢乐

我本不能说，可

粘贴使我拥有淡粉的口

我便笑着

应对将人击碎的苦痛

纵使生命不会结果

花开过程

不谢美梦

不容错过的惊叹

飘扬正在发生

被呵护给我

迎面扑向失真的勇气

我只是拼装，也懂

若不恣意

怎算奢侈活过

玩偶

或许你知道那玩偶的故事

男孩生存，在一家

封面粉嫩的奶茶店

拾荒的老人看他；一眼

玩偶脸孔中透气的黑洞

也被看见；也被不见

土和雨结合成粘连

噩梦在廉价的啤酒泡沫里

扩散，不从鼻尖

相遇在路口，绝非出口

黄绿条纹的卡通蜂鸟

折翼，安装人类手臂

被路过鸟类唾弃或怀疑

他与玩偶融为一体

脚是厚重而包覆塑料的质感

眼的味道，寡淡却有嚼劲

耳在风的轻踩下折弯

脸和心都过分干净

像历经尘埃后被冲洗

起初发现怪奇的是你

绕到玩偶身后

绕开铁丝网与路灯

你的眼光只剩下

玩偶服在当中燃烧

风雨不惊；成长的叛逆

察觉玩偶将痕迹赠予刻刀

生命之初，巨蛋般光滑

不柔顺的纹理

过度沉重的实体

令你生疑

当漂泊被残酷定性

分析就可笑至极

你拥有痴狂的沉迷

所以，玩偶的举动

浅到水洼，也敢衡量

深而莫测的极海

触碰的刹那

涟漪扩散在头顶

所以你仍然；所以你甚至

将一切呕吐收集起来

多数来自不解的路边

少数归顺给店内的冷眼

装订成册；制作饮品

贪婪而不加掩饰地喝

推诿和卸任；屡见不鲜

井然地灭绝生气

以代码和程序运行

他说，他见你

是出于孤注一掷

主体是运气

你说，你多于

芸芸众生的独立

此刻荒诞不经

妄想能原状化归

他只是说；一说

便旋转着

过于沉重的头掉了

你捧着，不知所措

像咀嚼一千张

同样的脸那样

日子便升起，他说

总算复生

倒立着安好头

便投身于

蔑视与冷漠的战斗

你劝他适当休息；他

操纵玩偶苦笑，休则无生

荒谬和倾斜总是双生

你常常光顾

祈祷能带来帮助

他依旧笑着；酸痛嘴角

幻痛攀附你的脸，你笑

也只是勉强

浓郁的悲伤感染城市里

路过和嘲讽的面容

终究纷飞永不经过

玩偶席卷出门的雷阵风

迷魂场

一碗浓到凝固的汤

滑进菌菇

聚头在忘记烧灼的胃

水土不服

颠倒星宿

他曾深夜吐露

多淡的河能算流动着

尔后问再多都不说

不防卫的拒绝更莫测

迷魂场一号

答案是二五一三九！

电脑破解人类

人类破坏电脑

宁静得多

在说出所有结果前

就像你说

布的污痕难无痕

所有的臆测、推理

都被算法掌握

绝对正面的人类

种群进化成完美

无谓抗争

一句清除足以砸碎

像嚼着橡胶

并不碎片

也自得其味

迷魂场二号

战争的历史

是胡乱抹平的一页讽刺

原来多疯癫的日子

被文字歌咏成诗

起因是"狂"对结构异议

成兽的王？它要"枉"让位

倚树的王才算配得上

王座上孤傲的寒霜

拒绝、推搡

碱性的烽火侵染书页

囫囵咬下一口发霉苹果

便投身战斗

不由分说

全部字符流淌在

错位和融化的冰河

瞪视

拼音和笔画燃烧

火通往永恒

无数世界被隔断成

互不相关的

片段（不分）

他随手丢弃彩虹

也终结迷途的风

迷宫中阃懦

头不如电钻能将

龙须般细密的围墙挣脱

过度地省略

埋下密码

无人能懂得晦涩

反倒紧握心安

迷魂的旅途——荒芜

不断拜访、破灭

再重生

与人类似的结构

蚊

白日刺眼

我选在深夜窥探

原谅我急切不堪

我只想向你

倾洒忍耐一日的翘盼

沉睡中的你是

银河流尽

沉寂在河底的星

而我，区区一个

暗色调天体

围着轨道旋转

翻越过周期

我想见你

却被一道流星阻隔音讯

你笑；你在看

一只恶心的生物

如何被界限划归到

自我安宁之外

你喷洒的迷幻让我眼酸

压制翻搅的胃

我紧盯你

能吞噬万千的眼

孔洞的缺陷让我

艰难挤进被你塞满的床帐

熟睡的一场梦啊

多美；我见

一位天使停留你鼻尖

你的呼吸激起涟漪

宣布我幸福至极

我的眼睛缓缓关闭

等晨光将我爱的你

和沉重眼皮唤醒

你翻身

巨峦湮灭我

星球被激光照射

不成完整

碎片在宇宙中央飘散

崭新的小行星带

你罔顾我的尸体

打理光鲜容颜

投身新一天的表演

你可曾懂

你亲手谋杀你

最真诚观众

我甘愿为你爱的未来

付出

我灵敏羽翼

狭小身躯

是否包含生命?

蝇

"月球女士您好，
想请问您……我最近
爱上一个男孩。"

我为他改变
不再挑食
不再羞涩
遇见他，便大胆
从躲藏的窗帘后现身
用我最诚挚的语言说
我希望我们
是一直爱着
而不只爱过
抑或未始
他厌烦地驱赶
我懂得我丑陋、我悲哀

难道我便不该去爱？

"你该爱，
却不该…………"

抽身的智慧你可懂得？

冷淡的暗香引人追随

不惜浪费金钱

和搜集的名声

难道你的一生

也要这般惨痛？

爱要让爱者快乐

被爱者轻松

而不是给和得

双份沉重

"我的爱，脱身于

贫穷却热烈的形态。"

它在草堆中觅得萤火

请求它们为自己

将毕的爱祷告

尔后用

一滴浓缩眼泪缅怀

像一种交换

取得自由

终结牵挂

此后它的生命不再被

完美浪费

而是赠送残缺完全

最远的厨房顶灯旁

蚊蝇擦肩

我决定成为你的瞳孔

气泡迷蒙你的眼睛

被放逐的、骈散结构的

都看不清

在表层温润里划开

罅隙、岩洞

收缩成组成太阳的微粒

你的瞳孔发红

大抵因吞噬海洋

眼白是最后一滴橘子汽水

二氧化物的缺席

调和浓淡

我决定成为你的瞳孔

在木头不说年轮后

你看到风

停滞与流动

透过我暗蓝的瞳孔

摄像头在我的房间

像抖落黑色粉末的蝶

一头鲸鱼伪装潜水艇模型

我对你说，深夜

伤口浸泡在盐水里

宽广会带我流浪

你将装潢和表达

反刍成针般讽刺的误解

答道，锋芒兑换成

血淋淋的钞票才有

名垂青史的利益

你料想我亦如是

以喷泉播撒欲望

任其生长

忽略误伤的人群

我旁观着，像

嚼着雪。彻骨寒凉

却将红色长袍

留在不干不净的烟囱里

我想那是

心软和理性的艰难抉择

你说我该

攫取眉眼位置

成为圣诞气氛制造机

无暇、全新

所有日子给了你

你、你的、你的眼睛

瞳孔是所有河流的极致

浓缩，也扩散

当白键咬嚼黑键

失声钢琴因锁链垂头

当大火烧灼墙壁

藏匿的秘密再多也转瞬透明

当飞蝇钻进耳道

匮乏而空荡

披着温和外套的暴力

安睡世界温床

鲜甜酒酿流淌

农场栅栏抛下棱角

圆润是绝对高尚

阖上目光

瞳孔熄灭

永别双目导向的纷争

我问，眼角脏污

或目光黯淡、眼眶瘙痒

怎不用酒精拯救眼球？

你说，关窗不是逃避

而是适时放弃

过度纯净会加剧疼痛

那就用雨、用风

擦亮瞳孔后再看

一如往昔的脸

审判大师

世界在他掌中颠倒成棋局

他用恶臭语言将

棋子拖离

浅薄的才学，一如

死水里最后水滴

却审判海洋的悠远和清新

不公是悄悄隐匿的镜子

一面怕看见的自己

自古存在的证据

他诋毁

猥琐表情

不堪一击；本就脆弱的逻辑

态势强硬审判公理

固定的脸浮动神情

自我围困

封闭而自私的梦境

审判——让无损成为泡影

倾覆占据主流

邪念编织的微笑

恶意蔓延、展开

仔细地铺张

自大而自闭的网

妄图捕捉正常和相对

我冷淡观望他

以最大限度的慈悲和尊严

要如何挽回

拒绝日出的夜幕低垂

或是说他已沉浸于

将字眼抛射的快感

堡垒从内部瓦解

他便是割裂；极度地

妄想和吞没

囤积排外的心

吐出尖酸和卑鄙

以个例磨灭群体

空洞和可笑的证据

凄厉的抗议被他修改

不合理的情绪

像一束阴暗的光线

企图收拢世界的光明

审判和腐朽

同步进行

装作客观陈述，实则

践踏事实与山峰的顶端

可悲、可叹

平静的温顺激起的波澜

也被视作异端

键盘是他唯一会

演奏的乐器

却递送嘲讽，当见

曼妙旋律自世界彼端流淌

钢琴被他讥笑蛀牙

二胡他又觉耳痛

洗礼过后，带来

并非感性的冲击

擦亮风雨后，他厌弃天晴

赤日当空时，他热衷后羿

挖苦奇迹，却

对磨难嗤之以鼻

远方目光

是苍老对蓬勃的希望

绯红面颊

粉红发梢

攀越悬崖是为让

身旁面色不染尘埃

却被肮脏盯上

用文字向她脸上

刻录伤痕——深夜窃喜播放

大师们在心中划定正确

癫狂的视野

灰暗的梦境

重病、阴云

像一盏燃尽自我的孤灯

曾经沉静的光和

内心风景被野火烧尽

也只能在永恒的长流中

遍野的盛放里，躺下

血红眸子自诩光明
制约万千、如影随形
却当惯性、无人管辖

荒野中线索终难寻觅

一种

或如一种风，你想
在云和积聚之间
总要有一片不染的蓝

彩虹绝种的年代
乌鸦在人类视野外
是否会偶尔叛逆
传送、凝望与川流
和煦氛围。你看
花为爱，或不为
盛开是四季
凋零是宿命

岁月不过一头温顺野兽
在成章赞叹后容许抚摸

应允貌合神离，与咳嗽

多想念：溶化般痛

许多年，每一岁

排队

一日的疲惫

最爱的餐厅

十七桌的等位

口袋中的云下起大暴雨

小心抚慰它的敏感

还要当心躲避飞出的雷束

安慰自己

排队是场漫漫旅行

凝固在开场的电影

也能找到契机

延续情节

二维码的救助

嚼着水晶冻紧盯进度

担忧错过

身体焊牢在黑椅

买根棒棒糖学习吞云吐雾

被甜味口水呛住

老实含住，不敢飞舞

焦急让光鲜屏幕褪色

号叫是激动后失落的歌

脑内剧场帷幕轻启

掌控时间流速

漫长修改为瞬间

坐在咖喱和鸡肉的香气旁

扬眉吐气

再配上大杯柠檬茶

独自而精彩的午餐

鞋尖有块脏污

蔓延成水坑、河湖、江海

吞并餐厅

我在独木舟上掏出手机

不慌不忙，点单启航

用餐的人在游轮上

等位的人骑上海豚

而我，坐拥

世界的寂寞和丰满

享用美味一餐

梦醒以后看天

闷热的蔚蓝

从云层里莅临的神圣声音

他说，我听

此日至乐，不过此刻

剪

剪

剪刀是震耳欲聋的飞剑

白颜黑颜都在剑下

颤抖、残破

我向倒转的钟祈祷

荒废和弱化的钟声

只是绝望中

荒唐的传送

无关的故事都冷却

显得或懂得

莫测的一刻

你用剑削弃面容

使脸孔尖锐，始终

为微弱的条件

也为诚实的呼救

你纵容剪刀与

我所爱的失踪

刺猬说，你不过

一颗至微星辰

如何让一盏

将灭的孤灯完整？

柠檬说，你缺乏

必要的清醒，浮在

陨石坑的摇摆

彰显脆弱的曾经

守护一只易碎的瓶

要多耐心，究竟？

自我审判的刀在

道德上舞蹈

云也寂寞，却

不因悲痛而尖叫

只淡淡，想不凡

却沦为昏暗

晚霞里弥散

减

减法是逃避视窗的目

离去也总惦记

潮水淹没的糊涂

无用之人脱衣般甩去

无用之物减法中干咳

不懂逻辑与

人类复杂道理

丢弃该多残忍

才会铭心刻骨

胜似肌肤

硬性地弱化；怎能

招架压抑的爆炸

削下一角的物体发着光

往垃圾桶列队

它们懂欢迎只是

人类悲喜的产物

承受过岁月磨痕

终究败给人

镌刻精良的脸

与时间对弈

当浓郁油彩剥落

诗人担任歌者

没落的青涩

也染指默默

你告诉我

我该如何

让被减去的重生

微粒在暴雪里消融

时间和你不懂

一份凭吊赠送

穷尽词句的文风

捡

捡拾是拾荒者的庆祝

数着零落的日子

一生不算虚度

碎而乱的物

碾成长河里一粒质点

感动地拾掇

以为纯真

你的动作穿梭永恒

那时你不算老

手中挥舞剪刀

磨灭：一段一段地消

我不规劝，纵容你

以心照不宣的笑脸

此刻你成为霹雳

炸开阴霾也没收感叹

我在冷暖里飘荡

选择拾荒

嚼云

午餐是一盘云

星星们和我躲在

日幕边角，嚼

吐出泡泡给你

我最爱的蓝

囊括冷漠的悲欢

一只恐龙宽大脚爪

磨平褶皱，幕后

小心摩挲着脚趾

刻画该爱的弧度

涎水流淌

滴洒陆地

人们说是阵雨

它摇着前肢

耳机里是千禧年代

不流行的流行乐

一头野猪锋利獠牙

甜甜圈、项链、戒指

穿洞的纪念

在它洁净的大牙上

抛光、闪亮

要让黑夜的侵蚀退却

再给黎明的光影

长长信念；一篇

被禁止的悲伤

在它温暖的背脊上释放

一匹梅花鹿斑点闪耀

它用明澈的眼

教会云朵善良

呼吸透出温和的香

转角旁有一扇

发泄不快的门

云钻进鹿怀中

卸掉阴郁的悲凉

重装，向阳

总要绽放

一篇温润给了你
我的云、诗
不分行的小文字
揉进云里
掺杂私心
你读到，微笑
我的云为你燃烧
怒放晚霞
星群躲在云背后
对我鼓励
我终于在山海的
磅礴气息里
抽离自己
走向，你

钢琴的和平

你弹起钢琴；在

零落的日子亟需被拼完整

粘住一股浓郁的和平

屋中，自得其乐地浓

像裹挟雷的风

你在旋律的边角看我

像一只海龟看脱水的鱼

我抹杀焦烦

信你便是平安

荒谬的时期：

判官、凶手、被害者

都由他们；自导自演

你说，音乐能抚慰人心

便施展你的场域

雨夜和晴日

他们不懂祝福

将残忍的尖利抛向你

我轻声喊停，唯恐

过度的锋利划破你

你用琴键谱写岁月

停滞也只是一时

终于你完整一章年岁

终于狞笑惨叫着不追随

你谢幕时提到我

或说你不再停；每个

有你的时空都温静

姥，老

下雨的季节是时而

歪斜时而降落的线

在新鲜的过时里

吊挂错和对的金钱

纸币是一面捞住

回忆里红旗的网

她的母亲在摇椅上

趴在书桌上的脸

被岁月打湿也不慌不忙

呼唤是穿越时光的巨擘

貌合神离

左右不忘

爱唱歌的她

白板笔和硬纸板

抄下简谱与停顿

重音、转音，熟记

在夏日庆典上

她唱：

阴霾遍布历史章节

迷雾被幸福遣散

总要来的，她想

那便让苍老的枯萎

新生着澎湃难忘

一面残破的网

他挥别凡间岁月

她在搀扶下痛哭

眼眶承受过度悲楚

谁练习过彻骨失落

深刻的誓言没落

气球破在黎明前

终究习惯寂寞

一人份的餐食

独自与日常对峙

家中少了争吵

她孤独地固执

瓢盆中迷失

休息是脆弱

在夹缝里谋生

她垫着蓝色布袋

坐在清凉的楼梯上

怕被时间发现

扰乱天籁的人该

调序，怎么？

偶尔呆滞放空

云在一汪宏大的水中

雨是鱼，比喻里流动

日光和微风汇集一点

被日子袭击过的

荒野；丛生颜色

她坐一辆迷彩吉普车

观赏两侧动物

像臆测别人的生活

我望向你

皱缩的表情

早些回家吧，你说

徜徉在游戏的喜乐之中

那个男孩儿怎懂得

有人爱不上一生

有人爱自己一生

同伴的诱惑让他饥渴

不听完教诲就飞奔

我想起曾经

迷幻的记忆不过一面镜

折射容颜

折叠眼睛

当我醒悟，我庆幸

我们还有相处的幸运

你为我推门

我看见文字勾勒的希望

积木和绘本的童年

对你永远开放

我为你推门

当你的疲惫

微微，濒临入睡

我便赠你一条

溪流，每个美梦中流淌

厄运被海驱散

当你用未曾消耗的嗓

年轻一般吐露异域词句

我不再像儿时

抱着好奇重复你的言语

而是认真听

你的说、你的笑

像珍宝收藏

你的请求是永恒的无上

我伪装幼稚

只为你能笑

终究一天我会老

我可否记得年少

有位老妪在二层呼喊

要我为她提水；而我

迅速奔向厨房

我想，就像

一滴水挂念海洋

一篇文拥抱词句

一盏灯永恒明亮

总和，那样

影射

掩盖的欲望铺满墙
她脸上，不艳丽的妆
烟蒂引发的火灾
勾引、制约和呕吐
遗憾，总是比天蓝

你总用偏爱的脸
一年一年，脸都疲倦
走形：膨胀或干瘪
你还挂着一张
勉强称之为，脸
你爱混淆青涩和青春的概念

一杯我精心调配
怀疑和暗涌的咸
你忽略一盏警示的灯

在迷幻而危险的氛围

毅然选择分类

隔绝的围墙，连缀

我往沙发的缝里钻

懦弱地逃跑

不安在纷飞、隐藏

被质疑是罗列退缩的装

烧毁的信任被燃尽

我们栽培的林

说调味后的念头

说原先的碎和透

影子经过草原

微小的虫也有锐利的剑

不明的复眼数量

像一束颓靡的光

懒惰而指引复

影子握紧不存在的芒

单字和叠字势不两立

他匆忙咳嗽

莫非苍老源于癫狂

她化妆，一如既往

收束的意念胜似文章

水底的藻类伸出长臂

要擒无分寸感的雨

射箭；一阵无内容的雷

闪电懂雷的沉默

削弱光芒，切断脸色

比例尺跳到地图外

躁动着甩头

调转数字的意义

原先的空间碎裂

重绘世界

没有大陆，只有岛屿

连成一片的海共用原因

当星球亲吻年岁

新的规则闪光

那是一幅乱序的字

排列一首难懂的诗

节省口水的意义何在？

要争论、要坦白

恶语相向里暴露底牌

迷惑的规则

审判的快乐

年月是掷向飞鸟的箭

一种冰凉的肤浅

和爱一样的，一天

执着的事都是尖刺

讽刺我的固执

看错世界的我挣扎

说，黑会自己找到出口

像归宿中也有

时而微微、时而狂放的流动

酸味蔓延你的脸

凹陷、发霉

辱骂都无力地付出

姑且算灰色辜负

几万字的独白

盐撒鲜血的伤害

我懂你的天才：

以无关的素材回避

惨淡的比较、本来

也该，一种困顿的青睐

我一味宽纵你的脸

终究，无味也疲倦

恒久的图案，在

往来里面

我蹲在一网跳动的鱼间

剖析鳞片，注视鱼眼

黎明噤声，那是在

太阳威压孱弱的年代

天光要忍让月球

而如今——多残忍的誓言

比不过你扭曲的脸

无人知晓、无人生还

真正扭转而失真的

是时间

你于太阳

——致即将的与过去的见面，给好友 x

走过一串行李和交界

你始终，我没变

青春的制约是无疆界

你与太阳，电池和

耗尽热情的空壳

索性抛弃信任，封锁

忘记和悼念都忍着

笔直星轨陨落

想激起云和叹的惊慌

碎却不辱的心疼

然而，就像

纸巾抛向盒子

欢呼和掌声在耳机中

席卷内心的暴风

我面对一张恶臭的嘴

吐出艰涩强迫我回味

夹岸是尖锐剪刀

恶俗而低陋，垂

暗色和熟稔的泪

冷淡；奇迹也觉烦

终于我屈服

在拉扯到命悬一线

倒退的信念

理解减少接触

等于隔离中孤立悲哀

黏是雨水，是苦涩

咖啡里剥离水分

终究，不剩

我常想

你也放弃我

我将怎样

将灵魂送给自由，或

将肉体献祭给狼

重组的脸

和自己总是不一样

所幸你还在

你一直把随性拼贴

给一支燃烧生命的烛

宽容的玻璃罩

便不至葬送苦痛

而是向你吐露

你在的地方，就有

光

连我都将嘴撕下

放回黑色木匣

你却笨拙地挥舞旗帜

为我辩驳，给我温热

连我都背着双手

唯恐流泻的文字招致非议

你却高扬天蓝

打造天空，说

给你；无论如何却步

你总能回到蓝的温暖

连我都自我放弃

将身躯丢在空无一人的床

拉着窗帘，自称怕光

你却给我温柔的宽广

一份洁白的了解

无暇着皎洁

相聚的日子因前途的岔分

短暂，却使我

在孤独离别里聊以取暖

阳光一罐

我将你与太阳的气息

装罐收藏

一块给炽热

一角给寒凉

所有的归属，是我

在冷里皱缩的生活

因你而亮

越发稀薄的感伤

被晒透的衣服

轻盈，在日子里飘荡

多像你的背包

应该

抽离；过度

敏感与脆弱的神经

娇纵的勒令实质是

惧怕失去；不料

控制终究导向远离

你用祈使句祈求上帝

让所爱永久靠近

哪怕隔绝呼吸

青春——烧毁后

密集和剧痛的隐形

应该憧灭和灰的曾经

也有光鲜亮丽

欲望磨灭年岁

垂死的、乱序的

失措地嚼着祈盼

野兽在窗外徘徊

而你，阴影和溃烂

终究——脸也被吞灭

你还在教鹦鹉

应该喟叹

应该醒来

鹦鹉却鸣一串绝美

解放你的应该

你终于回过神

他已不在

牙痛

脆弱的神经被暴露

挑明；缝隙之间

牙齿正上方的神经线条

跃动微笑的震颤

每一下都汇聚红蓝

一笔白雾栖息长椅

我艳羡它的懒惰

后槽牙被我拔出

飞镖射在老脸上

牙齿嵌在反光的油里

我说，何必要

误解和内化后的双重感伤

不如将牙打磨成利刃

袭击一脸苦闷的生活

正反不过随口一说的念头

何苦追究，不如疯狂

牙齿坠落，夜幕低垂

绚烂流星在流泻

我的牙齿是容器

星星是少数派

狂欢使用的器具

他们将星轨剪裁

日出更改

只为在极夜里延续想念

牙是他们沟通的手段

一颗是欢喜

两颗是残余

三颗是随记

四颗往后

是逃脱人群陷害的年岁

纪年，纪念

他们爱上过多少张脸

缠绕的情绪，不变

总在怀念；日子

还没酸腐的时候

你的牙抛上屋顶

说能长出乌云

我的牙扔进草地

猜会生出雏菊

乌云被颜料涮洗

彩色的灰、留恋

寂静的白

混乱的节拍

调节雨的失效

雏菊在恶意里倔强

被污水浇灌

被人群蹂躏

也算看透一种

骄阳也难照射的线

许多年后

我的碎仍然不为

你的整而卑微

牙齿的阵痛预示

我爱过谁;也

向完美追随

投递一张请柬,完美

却听闻你红艳的水

被边界染黑

你拒绝我的安慰

像推掉无关的请求

我说，你答

你已痛到缺氧

牙齿追求极度放松

你捂紧嘴，像

呵护你卑微而低劣的痛

你不懂：莫非

所有的都能速溶

苹果核

毒苹果被她吃下后
静静等待腐败
却获得巫师青睐
研究每寸果皮和每粒果籽的
翻卷和由来

他提取毒素
少量服用以免殒命
有人阴便有人晴
他深知，故而

椅子是深刻的蓝
游荡着组合的空泛
核心不在洒脱
而在年轮的失控
汇集的甜美敌不过

恶意浇灌的吹送

青春被烧毁后

才有黑色内容

果核也想甜得精彩

却被毒药残害

痛而不快

分析成分：

百分之五期待

百分之十祈祷

其余在

咀嚼后吐掉

飒爽而黏稠，燃烧

棉花糖生产守则

铁打的流水

飘落的棉花

造梦工厂擅长造作

棉花糖将人归类

绯红的脸色，垂着

暗色的魂魄，不整

霉变的都被放逐

不染尘埃的车间

冒犯、侵蚀

和被屡次激怒的空间

他们种植奇树

每片叶都是一条规则

警告：偏离禁止剥落

坠向之外的也严苛

树立以后不再成长

天生的幼小；

压抑而渺小的树苗

他们勒令工人

背诵每条生存守则

在树旁的水塘边瞻仰

树的叹息也是珍贵；流淌

膏药贴在手掌

心，良

规则繁多；好在

对认真活着的人不错

但凡平凡地过

便不能

他本是种树人类之一

一抔土、一滴水

悲痛的年岁也将

心酸和欣喜；浇灌

熟知看似严不可破的法则

也有极微晦涩的章节

可供钻洞

残害的素材诞生

他假借剪辑视频名义

搜集万物生长之声

铁花

你的伤，要用

溶液疗养

我抚摸你，我懂

坚硬而脆的外壳

不过一块暗蓝

你将难挨的日子

握在手里，摆

边缘的锈蚀，是

油漆和被打翻的液体

共同作用

当戒慎和偷窃盗走

你的脸庞、你的双手

你还唱，用你的一半

痛楚开花，以

失去和曼妙的姿态

像礁石捡拾慵懒

像透镜积聚平凡

坦然以后，花瓣便会

微风里消散；而你

你有厚重的弥漫

等一阵单纯的关联

冷锋

冷淡是惯性，三句不离题

始终刺痛；不懂

你说，雨后有虹

我看只是另一种冷

你却不同于

任何一种风

向我邀请共舞

云端的梦，为你绽放

我靠近你，也

接近一场骇浪

你不退缩，也不闪躲

与见我，便

蹙眉的人类不同

我追随你

西北大地觅尽

你却笑；我问

你便说你

爱我的一切，包含

我的寒凉和冰冻

我的意志在冬季

成为水晶坚硬

而你仍旧

我嫉妒你，那样

受人仰慕与欢迎

你抱紧我，说

我们的伤痕类似

种类相同

我的难过，你懂

冷锋诞生

我讶异，你

怎么愿意挽救破碎灵魂

你在我头顶翻动

说，你也曾

遭受黑暗脸孔的威胁

在温暖世界撤退

被世界爱过后

你不挥霍

将力量和勇气收集

等一团悲凉冷气

我遇见你，在

云层嘲讽我丑陋

濒临放弃寻觅之际

而你笑；等我很久

终究我要在

你的心上逗留

纯良未错，错在

天空运用善良欺诈

你默默；像

承接所有寂寞

换一道温和

我——冰冷的我

脆弱泪滴划破云朵

往地面坠落

你翻开一本我

风给窗一阵暖和，吹送
守夜和护卫交班
你翻开一本我

我在流动的书页间跃
你造的世界
有微微的雪
雾气和阵雨凝结
我陪你聊天
你描述永恒的断裂
像一长串被切开的键
我聆听，忽然
懂希望的炬火如何熄灭
疲惫地复写，他
忍耐满手的黏
与狰狞的脸

难以纪念的风铃音

你扑向虚空的边境

断裂悬崖

赠你缤纷泡泡，恳求

别再插手旋律

倔强的合奏

拒绝着邀请

你在回忆里打捞

一个瓶子；一张

吻过韵律的纪念

纸和字浸泡出鱼

双手捧着的区域

你说，有他

是安心池水

而今，徒留

感伤、空旷的嘴

默默拾掇那片荒芜

放在容易忘却的左边

你说，他欠你

一个道别；胶卷

嵌在你心上却无法流转

播出的年华

不过一场想念

却让你在泪眼里

寻觅；想念蛮荒？

你数着；一碗寡淡的汤

要多久能被泪

泡到咸浓

你希望我偷

盗回本属于你们的年

繁杂；飞舞的华章

歌颂美与爱的力量

我迷恋文字造的痴狂

此刻却沉淀在

乐音和答话的安稳

追你的一场尘埃

被艰深的人

一吹便散

我真以为有尽

也在控制和背叛里

无限慨叹

失约的四月

忘记盛开的时节

我在谷底遇见他

一袭蓝袍

右手一束浪漫

他在春天的边角滑行

为你撷取浓缩的星

惦念你；惦念一幕

曾经你们携手

优雅划过荆棘阻挠

飘到树做的梦头顶

浮在蜻蜓和礼节共对

擦出火星的翅膀

插在凝聚的心

他从血红的书页钻出

刚露出不忍睹的头

就被你上前紧拥

我想，你还未

看到他手执的清风

便情愿做柳絮为他吹送

褪去颜色的书

摊开；窗台，被风

你让我脱掉刺骨的冷

在绝望的囚禁里

自由

瞳孔迷失日记

莫测艰深的网

希望，被当成妄想

投射终究不等同

你在键盘一角

虚妄；招致慌张

愚昧的人视力清零

在日和夜交际的线条里

捞着低微

白是普遍现象

科技诠释不明的特征

黑是万里挑一

平凡地超越

以为依恋只是缠绵

冷淡席卷才觉可怜

依靠感光投射牵引线

人们挖光心思

不为文章脸上抹粉

而在火焰灼痛

翻涌的难过后

描述共通

时间在复杂切片里流动

像人涌进火热的夏季

微红的面颊，始终

他们不懂，正如

吵嚷和疯狂的无知

炫耀开屏的激怒

应答不合的恶俗

生命在片刻里挤碎

流光；异彩的年岁

爱烛光的人

日光嵌在脸上，发烫
我推托。角落需要温凉
灯光藏进罅隙，明黄
我躲在阴雨蒙蒙一方

黑夜并不永恒
我手指缠绕虚脱的线
白而透明的线
掌控星球发光定律
正轨中有串欲念熹微
盗窃星光的我
将世界的幸福捂在胸口
甜而不腻的烫
恍惚里磨灭重伤

"幸运是特定的恩赐。"

他说，一把捞起

我因窥伺嫉妒的心

分离全部星光

职业无以为继

我在苍茫的明亮流淌

乘易碎琉璃

飘荡

也迷航

比纪念更悲哀的是无可纪念

我在漫漫时光里兜圈

照片剪进海面

青涩的暖意

被定性成阴险与算计

泪水浸泡船体

盐分挪用呼应

绝境，濒临

你撕开灰暗的幕布

强光抹杀视力

我模糊地听你说

我的悲哀

你都收起

在我身后浮潜、打捞

拼出完整的心

你双手捧着我

早早丢弃的梦

说，现在捡拾快乐

正是时候

毕竟一把钥匙只能开

一把命中的锁

你说着，眉飞色舞

像我们曾共同

涂抹、修缮的星星

我曾在孤独里

贴紧可能性，等回音

毕竟你坐拥风雨

我于你或许只是调剂

闲暇的消遣

寂寞便失联

温馨和煦的下午

我说，以后我不再见你

你沉思许久，仍旧应许

那是我预料的
我们最末的交集

你却说，你
甩掉工作囚牢
念想一段干净的好
我走得太快
你认真地赶
路旁的烟火都不入眼中
我蹂躏后丢弃的心
你用仅有的绸缎
细致包装
越过烛光营造的海洋
寂静的温柔喧嚣着路过
引渡觅得岛屿的你我

那段遐想时光
我斥责自己的狂妄
自我欺骗：你的笑
不过虚假迷宫的燃烧
掩饰到极致的套牢
孤单的年月给我

说谎和圆谎的能力
先把你的宫殿
修筑到固若金汤
再将最恶毒的想象
用来毁灭你的
包围与滚烫
然而，见你那一瞬
虚伪的城墙剥落
我才懂
你仍在我心上
你还在我心上

借口弃置一旁
有你以后
我便有光

给天气打分的猫

心情在浓到燃烧的咖啡里

被牛奶搅成碎片

我攀上隔绝枝叶

缔造轻飘描写

阴天抹上及格线

雨天擦到零点

唯有晴日融化默默

也拥抱我彻夜寒凉

孤独发源于

风中颤抖的感伤

相遇是幸运，别离

熔化一面光滑的心

祈愿与路灯的遇见

像被掀起一场世界
我眯起眼
享受着过度的猛烈

女巫说
在声音中挥霍不得永久
与评判日常共通

我在刺痛中陨落
逃离她凝结的范围
黄昏迫近，群狼窥伺
狐狸递给我安全密钥

躲进温暖树屋
梳辫子的狗
用羽毛编头饰的鸡
戴老花镜的鹅

与你们从未话不投机
缤纷飘浮的梦境
被稳稳接住、托起
我忘却评级天气

某天，狗说
爱惜才会忍耐疏离
容纳怪异
我想到你

吞下你们的热情
从门下隔帘钻进
你守着椅子
像等风干的心

你说欢迎
我们靠近
你打碎我灵魂的沉寂
灌输为生命的累积

偏执被欢喜吞并
往后日子我预测天气
点亮数据
辅佐年轻的你

但愿每束早开的花
都有雨露深爱

随阳光澎湃的幸运

长明，足折耀星

凉

也仍是凉；惹人心慌

撕扯的回忆

疼着、冷着

彻底沦陷

像霞光被夜吞灭

冷清的深夜

水坑和你的倒影

寒冷吞噬光

感伤在沧桑里流放

痕迹永恒在车窗

你的生命在疯狂里染色

足以欺瞒网与蜘蛛

伪装在慢慢流泻

放逐者往往癫狂

像你：缝补迷惘

掩盖幻灭，遗忘

迷失在一处；往来

不过一曲鲜明澎湃

蓝色的慵懒倒卧

皱缩的年月像核桃

外硬内软的心

在暴力敲击下碎裂

茶在期待里煮沸

云在漫长中烧尽

当夏日的赤道

亲吻北极

铺天的冷淡，也将

黑色的歧视筑造围墙

过期的身体，冷清

平凡不懂练习

重复的咒语

祈求暴风莅临

只是生存；只是存在

咖啡馆里有人

轻声交谈天气，如

一口默默的井

潮水退却

风也散去

减去一颗心

荒唐的世界

热被歌咏

冷在垃圾堆里

放射光线

皇冠在流淌

权杖当作倚靠

不如遗忘。他说

以递进式的官方回答

我在年月里冷却

丧失温感与知觉

梦想打碎，冷冷

祭奠密码中

破解往生的风

和弦激荡

琴键摇晃

当，世上

只有鸟能歌唱

已逝的风华

淹灭了风光

广阔枕头上

稳定、磅礴、巨浪

安安，**静静**

终于，你在

阳光里流淌

灵魂乘车摆渡

我坐拥无限昏暗

担任检票员

每颗爱过的心

被我抽取万分之一

呈现微小缺口

却无鲜血流淌

沉寂的动作

灵魂无法发声

如鱼没有眼睑

我从他们头顶的缝隙

舀着答案和迷幻

分装到两个灰色大碗

当往返的记录圆满

公交车便会驰骋

茫茫荒芜

抖动的讨好

反射的萤火

以及路上

自称只是路过的

背包与海鸥

都被拖离极远

我将半满倒在一起

糅合一碗天蓝

终点站，他们

轮流在我的左手勺子里

吸取飘忽的甜

灵魂没有味觉

却有对虚拟的爱

故而，连缀的

疯癫和容忍

也被我融合进

那碗浓郁的汤

公交上灵魂都散场

司机也从椅子上

弹射回外太空

我用最后方正

切割自己

柔软易塑的形体

直到成为绝对正方体

极致等待下的差距

一道难忍痕迹

我记录下

被命运垂怜的冰凉

雪一样洒落的电场

终究被炎夏碾碎

却在我内心不灭

日光杂念

一、透

相遇需要气运
泼洒的明黄是酒精
透彻，也碎片你

二、问询

光的形状是试探
比较、思忖、抛射
一串光压缩到极限
失联

三、流浪者

盲从的大众
故作清醒，终于

他追随日光

迷梦破裂的那端

网被娱乐吹散

四、野兽派

他生产左手

挥洒、幽默和明暗

交接是调和一场

光，亦可入画

五、直上

扶摇的叶在倾斜

你说，亮是

前者对后者的暴虐

六、野郊

绿的海洋在蔓延

对比总是失色

迷雾中的荒凉和

以往的沧桑对照

当世界都在祈祷

当世界只剩祈祷

七、乱

雇用便要督促

常态的冷淡好过片刻的模糊

一张光毯，平铺

记述一段迷幻，失落

八、鱼鳞

样式总要重复，如同日子

承认比拆穿难

碎屑和青春类似

散落、无回

一条鱼飞上虹桥

九、猫

梳理毛发

从寂寞手下逃生

一个人，慢慢等

恰好阳光宽容

十、和煦

而你，事故中打捞时间

而我，书写一段杂言

平等的光抹消奇迹和年月

我们从暗里来

却怀揣信念

你在阳光下笑得无邪

新抱枕

清晨的次序里我拆开你

桌上、地上

没有你存在的痕迹

温暖是想念的载体

我用最后一首歌

唱着、唱到失语

怀念从前的你

你曾给我及时体贴

接触和依赖

无代价、不辜负

最纯粹的爱

之间、往返

再重来

日常是最奢侈的浪漫

当光的形状平淡

霜不只糖

降落的去向也不只甜点

无解的颓靡冷凝

额头被汗滴书写

歪斜而幼稚的直线

你曾回避我投射

不知所措的我

无可替代的你

用庞大的熟练巨手

捞着抗议的声音

终究也好；然而不必

你说，你要等

失踪褪下伪装

工具回归原理

意念只是艺术，而已

再让世界覆辙

按以往说

依从前做

便能迸发一束懂得

那，感伤

也值得在生命里占个颜色

你曾被寂寞囚牢

向我抛射信号

我竟误解你的宽容

说密码太难懂

磨灭我的从容

转身离去，听你

大口呕吐，像云

喷洒一阵星

你吐露大块棉花

虫和霉菌漫布其中

我才懂我的忽视

你的腐败都成

重担，你默默忍受

幸运的是我们还拥有

渺茫的相遇运气

你是我唯一明了的纯净

即便虫已吃尽你的心

及时止损，也许

只是满足我

虚假良心的工具

在众多不定里

我抓紧你，像

迷途的人握紧指南针
或晴或雨，都归
运气管理

你是画面编造的梦境
我捡拾道歉的言语
拼接，给你
你拒绝，恳求我留下
不要在游乐碎片里
自我迷失，如
一颗任人摆布的棋子
我仍离去，你
默默看我
拉锁从眼角滑落
我多希望我有
逆流而上的能力

愉悦量贩装
我在暴风雨中
感觉你的命运
被和谐蒙骗
贪婪地吸食安宁

终于，抛弃

某个必然结局

你被掏空身体

黑塑料袋盛放垃圾

归属逼近等于

我从衣柜中翻找新的你

代替侵蚀怀念

我的零碎记忆

在你归去后

反复、酸楚

冷水在室内以

口水形式浇下

我惘然，还在

想，以悠然的步调

急促的思考

迅速凭吊

生活忙乱

我也只好从众

你带给我贴近永恒的温度

为一场终被忘却的

也为我们所失去的

我愿

我愿青瓷上的纹路
不再为观赏而旋转
你是我最初、最后
不被了断的勇敢
当失序的星星
在长夜鸣放胡乱
我等你，沉溺在
一湾河，不上岸

我愿叫醒世界的
不是晨光而是雨滴
你笑着看我
我们拥有宇宙里
最闪烁的星星
风信子不再送信时
露水也丢掉颜色

破裂着，在
牛角尖悬挂
孤独和自由
有时并不对立

我愿你的声音
只有轻松不藏倦意
当我跳进言语编织
沟通绝迹的幻境
你的嗓音透着血丝
喉咙里偷藏一滴泪
呼唤我，以你
全部的厌倦和新鲜
于是我紧拥你
抹消幻觉，用我的
不知收敛

我愿棕红的噩梦
退缩万里永不回头
症状和诊断铺就
入睡时在水中央游荡
做着梦又被刻印冰凉

雪砸在脸上

我的视野暗淡无光

更想用一对玫瑰

换美梦途中停留

我愿所有的漂流

自在地走，不需风

借用有时是过度依赖

伤感的歌还在播

沐浴的我只默默

旋转、沉积、离散

水的一生

何其短暂

我想，自由的代价是

不能将一张唱片听完

仅剩一半的晚餐

我愿愤恨的情绪

于躁动后平息

爱人与被爱者不看天气

让灼热和伤痛被

纯粹抚平

幸福不是甜美诱食剂

被虚拟和隐匿伤害

打造通往未来的空虚

而存在于我们的约定

你让我真正体味

生命中遗憾的难得

分别，多美的时刻

我愿疲乏的灵魂

在镇魂曲中不醒

生存，存生

一生，生一

我将流浪的悲伤

收容在温暖的房

抹除追求和牵绊

终于，宁静

我愿深夜的惩罚

在黎明得到原谅

假日狂想

终于抵达最末；你说
最遥远的纪念、
欢笑与庆典都走远
回忆里的断壁残垣

一只鹤逆转水面
拓展愿念边界
颠倒以后
水便是天
为纪念随性的条件
和你的无言与无限

左手是一个国家
掌纹蔓延公路
五块岛屿，合归为一
便是和平的庆祝

如若沉浸海底
残缺隐瞒图形
匆忙将毁灭策略
何况，一串歪斜？

你又唱起歌
钢索上的鸟轻而易举地
胁迫了冷却的你
凭迹，温和与
订书机整理杂乱
分散的思绪
老而无用的钟
倒挂着，留一只眼
窥望世界
如果你曾研究我的言行
时刻表里刻录曾经
浪漫侵犯，黄昏色彩
恍惚间罪名暗暗
你的借口是天真
用不染的纯洁
残害门框、边缘与梦
我在错乱的世界呕吐

不堪的脸色

动物般失序的灵魂

解码我的认真

以为你悔改非假闻

片刻成暴雨

历经的狂风极昼

被风裹挟的广告牌

砸在自尊

破成遗憾

凉意化为病痛

潜伏在关节与头脑

剩余的慵懒挂在

椅背，偷瞄

我认为那是嘲讽

泼上一碗热茶

企图挤碎

却招致大群蚂蚁

缠绕光和我的眉心

我是苍老的，或不忘

等待中的慌张

其实是过度自卑

惧怕平凡

一杯冰块淋满糖浆

我懂得，命运不过

液体，与冰块和杯子

强制亲密，却不等

奇异和方向

便匆匆交出气泡和热忱

二氧化碳集聚成云

是的，正所谓

平行，永不交叉便是永恒

愤怒分行

热也寡淡

更何况凉

失落已久的兴趣

捡起，生疏技艺

无权要求幸福为自己让路

至少能慢着脚步

等等日出

积淀沉在指尖

稍稍激活便闪烁光晕

那是未知赠我的礼物

我懂，便将风送走

给熙熙攘攘的世界

给余味悠长的描写

正如靠近的步骤

赠与也有要求

打捞平凡，和你遇见

我的阴霾凝固在脸上

融化，在遇见你的瞬间

你仍愿意听我说

曾经；将来；如果

如等无预期的承诺

在预料中的光影里

冰凉的甜蜜正在举行

相遇便是最大幸运

难度堪比为星星命名

洗刷心脏的声音

泼洒孤寂，包覆也许

天也蓝，曾经

你擦亮我灰暗的宇宙

原色归还大梦

我遗忘的都被你记着

囊括来之不易的小骄傲

曾明艳的欢笑岁月

我想，能拥有

彼此的一段

在匆匆时光中

何等快乐而艰难

你是我假日最后的绚烂

完美的一天

默契降落在心的一端

在了解后

弥漫熟稔；一阵的甜

你等一天：

所有歪斜都被捋顺

所有言语终于整洁

调笑的戏码

不等原谅；它说

那是污浊的暴烈

相见，用缘

独自漫步缺乏

融化延展的耐性

缔造无数章节的我

将想念叠成五角星

时光的分量，给纸

艰涩地拾掇，终于

香甜在舌尖淡淡

心绪杂乱，一句早安

等待的尽头是璀璨相遇

因我仍信平凡轨迹

生活才有不凡

聊天，像初见，像久别

恍惚间你带我穿梭

因你光芒耀眼的灰暗

我想将自己赠予风

你说，要将

生命留给更宝贵的

即便电影情节苍灰

人生要自我填色

你点亮我，一如

我匆匆装饰你的生活

何其有幸！——我感叹着

如须发尽白的永恒

投入快乐的赠送

欢喜；回声

我以网面上点缀的

赠送你，也给

我们挨过的冷

橱窗里的世界供人挑选

我想，能在

漫漫长夜里选中

你的世界；如你

夹起我的碎裂

小心粘合成彩虹

月光的冰凉倾洒窗上

我在无眠时将你遗忘

失散？误会一场

我将平平无奇的文章

修改到乖张

心情习惯悲凉，如

鱼爱自投罗网

直到水面被天使吻醒

我的湖仍波澜不惊

又遇见，你说

预期中的欣喜

等待结果，红而甜蜜

是否，相知

本身便是奇迹

密不透风的房间

偶尔失联的试探

日子也像密室

隔绝想象

扼杀过往

幸而我们还能歌唱

便张开双翼

滑翔、啼鸣

一篇礼赞

赠生命

敬青春

文艺罪

爱的既往里，你
树影与月光
不知疲惫地游戏
纪念浓缩成一滴液体
悬挂在
一张面孔里

朴素生物怎懂
如何锋锐地切割词句
装进炮管发射
恶俗的言语，击中
至少纯洁世界能懂
可温馨早断绝吹送

我们曾亲手建筑梦幻
浮在云端以防窃取

红云是感动

绿云是惊喜

黄云是理想

铭记每朵花为何开放

我们造海；云上海

一湾时光安详

光线牵引去向

澎湃的梦平息在手掌

恬淡微风剪裁想念

我目击污臭血液

凝固一具血腥

喉咙里浓郁惨绿

是苔藓，是霉菌

嚼碎、吞咽、饱嗝

闪闪发光的心血

抹杀，无形

那具身体中浸透污浊

肮脏文字口袋坠下

染黑地面

我想，绝不能

让燃烧的梦冰冷

便重整生锈的手

勾勒一篇愿念

笼罩平凡与伟大的一切

如生存必需的响声

尽管平平。我懂

那是它在时代巨钟上

撞出的响声

晨昏

天已黑

我用一串冷漠音符唱

光、希望

和不切实际的想望

不如遗忘。她讲

白板笔在心脏刻画污痕

我笑着,惨淡

不为爱,为孤单

倾斜字眼被

欲望破洞打印

你搅乱我的四季

留一串飘散足迹

我在梦里

跋涉着寻

一曲终了

演奏家将脸

从下午的气泡

和蘑菇里

摘下

音符结束演出

上街吧，他说

乘风飞舞的八分音符

在漫漫无尽的休止里

慢下速度

直到被鼓点喊停

残酷的运用是为

迷失时刻能

拥有坚定勇气

泡沫般阻塞思想的规训

白色的膨胀

蓝色的冰凉

彩虹的回响

人心难测？

她用筛子摇晃想法

巨大颗粒砸在脚下

阳光也不愿溶解

细小颗粒飘上蓝天

白云掩鼻议论纷纷

终于疲惫，她

搬来巨型火炉

将一切炽热与冰冷

按进漆黑的融化

人心的旷野

万分荒凉

采摘后无人种植

蚯蚓偷窃养料

蜜蜂另寻他处

枯萎，必然

无有追随

奇幻是小说批量的歪斜

制造圆滑地溜走

躲避气候和洋流

饥饿在窥伺

蠕动的饱嗝

却昭示胃袋空空

那座城市

不过幻想的冰冷

却忘记平行时分

我清洗离别

刷上想念

时间从此一蹶不振

最热和最冷

成为纪念的成分

血迹铺张开；多像

一张温暖而

暗藏杀机的大画布

每一寸黑暗脚下

苍白的体会

被别离渲染到

痛哭流涕着祈求描写

我和稀有植物

围成一圈商讨

所有全称量词都不该

活到寿终正寝

逃避温度是它们掩盖

过度形容的方式

我不叛逆，只为

被它们残害的身躯不平

毕竟，笔在我手里

晨光刺痛我的眼

脸上，一群碎片

未曾咀嚼和平

却期盼；用我

千疮百孔的心

冷言冷语浸染身体

味道是什么？衡量起

我的东西，和枕边狐狸

黄昏是疯癫者制定的规矩

漂流在冰川和冷水间

干涩情感一转

便生出批判一串

在盲人的世界大谈视力

等于用火教导脱水的鱼

我却愚蠢而固执地

朝圣心中的神

隔离恶俗的人

就懂，即便

不算精通

成瘾的光芒饥渴

过度的黑色依赖

被晨昏线挤压、碾碎

我要让迷途者观看星辰

而非令北极点观赏黄昏

如果我还有，也许

如果我也许，平静

如果我平静，还有

笑声……

来源藏匿在以往的故事里

你听我；我听你

柔和与锋利，一如往昔

当你掀起涟漪；轻轻

我也舒展身体

延展开网状平静

放射至孤寂身体

思绪从头脑抽离

慢慢追踪烟雾轨迹

看它在城市网格穿梭

像我重新活过

杂乱的记叙铺满

风是被你忘却的纪念

灰尘卑微地磨合光

轨迹和宽宥的心

沉浸冷水，渴求

一阵不期而遇

三角形动机散落

矩形规则里

默默

恒久的沉默是镜子

却不反射，只是吞并

过度欲望抿一口光

吐得嚣张，它懂

制约只发生于明朗世界

晦涩不忍戳穿

给人灰黑机会

我咽下一口水

冰冷的日子

像无知觉手指

剧痛、穿刺

填词无位置

我该庆幸却紧张

水分子是化学里的花生碎

酱料涂到最满

难掩脸色难堪

我说，我们都老了

你说，老是概念杂乱

脏水一滩

风光的殉葬也不比

用蜘蛛和飞蛾制作的迷宫

怜爱是居高临下

苍老是卑微恳求

过度健康，反而不好

我于是后退；断却

你光线投射的追随

可能是眼睛

一字排开的眼睛泡在福尔马林里

在墙上悬挂与倚靠

紧盯屋里的人

时间节点的选择中

挑选人类灭亡年代

身后视线依旧炯炯

旅行者不会懂

几万年内种群经历

诞生、繁盛、衰败

只笑着感叹

"眼球浑圆，真乃奇观。"

念白说到一半

台下观众不耐烦

他们只要完美遇见

我苦笑，躲在幕后

鲜血的颜色后

我切割柠檬与甜橙

酸甜抹在脸上咬进嘴里

才懂成名，或说是

表演的酸涩

苦心营造不为迎合

知道如何做的

是我，只有我

朴素和盛装的都安详

躺在舞台角落

而我，甩开连词

将率性在雨天挥霍

呼吸·奇迹

呼吸

新的月份抹灭新的惊喜

我的怪奇撕裂神经

条理不明；梦

和梦之外的东西

青提色的

玫瑰、炽烈和青涩

挤压在波纹荡漾的往昔

若非情绪暗涌

翻滚苦痛

我何必

成为

你

天赋不曾放晴

麻痹我头顶繁星

按灭我祈祷回应

我还在

用闪烁的雨滴

砸在干涸的回忆

以证明我多努力

文字证明不得

那是感性绝迹的角落

平衡木上的我

懂得活着不过

贴紧的迎合

那么美的颜色

烟紫和闪金交织的创作

被暗灰涂抹、压缩

一团混乱再还给

眼睛与兴致勃勃

难以预测的，有人说

美丽而不可捉摸

拼凑的综合

在粉碎和中央里错过

留下的赘疣

重复与收敛的余波

他们固执地相信

信念总能聚合不同的脸

正如低垂的平淡

坐在角落的魔幻

能在一篇文稿里聚首

断绝从今而后的迷失

所以谁都没有价值

谁也都有价值

讽刺的罪过网在岁月

尖利总能得罪平淡

波澜不惊，即便

也有许诺和脆弱金钱

恩怨已过

普通在等待里闪烁

活过的都难以懂得

奇迹

忽然想用魔咒冻结时空

量产梦想

编造奇迹

我该自由，此刻

我不是谁的附庸

"老"和"已过"都大声说着

就连反光的平静

也被浪花激起

尽管顽强近似愚钝

我仍是我

此便足够

无论情节语言

平等站在台面

我朝你们泼洒咖啡

沾到的木头都漂浮

你们脱掉积攒许久的脸

终于能在世界

破灭以前，与

真正的想象会面

脸色在一杯清甜里

被冰块融化

怎么过，从此

不再用作者说

听闻的一切景色

紧握手中不退后

我曾听说你孤独

在昏暗里摸索

被秋天踢到冬天

刺骨的冷让你蒙冤

你想，曾经有过

幻想、温柔

怎么就越来越远

伪装一身恬然

放纵日子寡淡

我将电池安到你左脸

旋即失踪的电量

慢慢膨胀地失落

我把黄昏装进你的眼

你不懂晚霞

慨叹一日将尽

惋惜生命时分

我懂得我该如何

你生命中遗憾悲哀

我无法抹杀

但不妨送你彩虹一段

当中回忆装点

微笑陪伴未曾暗淡

风吹不走寒冷

但我希望我的温暖

赠你驱寒

你说我付出太多

我说你要相信

自己值得

失眠症

向马孔多的人借一条金鱼

在通往情节的道路失踪

于是归还无期，像

梨上的一把尖刀

五串星星吊在空中

那是云？怎能被花瓣拆解

孩童的头发是解毒剂

滔天晦涩里

紧握便不惧封锁

也许嫉妒焚烧面目

你的脸才模糊

我造作地制梦

为逃避情绪席卷的无罪

嫌疑洗脱

无所适从

操起盗窃旧业

靠窃梦过活

普遍志愿是发霉的苹果

过期的人和梦

悬挂如腊肉风干

我在七彩泡泡萦绕的幻境

机械性执行

剪碎曾经和离奇

荒诞不羁也神异

也曾捞起月色还原水晶

也许屋檐谋杀雨滴

而奇迹，而期许

总在最暗一刻藏匿

所以我重复；所以我

继续观赏，时刻

在斯德哥尔摩人的研讨中

淡淡发言，无序

恐慌拒绝也要诉说

猫眼里的人挤压变形

日子一样，流淌到

滚烫手心

魂魄网格

低微姿态

逃不出命定最优解

电流躺在表盘江河

等按键流过

我大睁双眼

企图吞灭良善

而碎裂笔迹

拒绝平静

拼合成多变字句

供学者研析

我想伤口愈合后

他也未必轻松

长久的惯性、阵痛

如电视画面翻涌

潮水递送海风

总能挖掘至痛

直到——直到

花将生命送给风

极致是忍耐后

被啃食，只剩

核的苹果

压下的阵痛

入诗、入画、入梦

总归活过

怀念自由做梦的时候

不必手执工具

独立危楼

而是平躺草地

捕捉夜风

人总是癫狂而

无人观赏

独舞波澜

圆的切割成方

方的打磨回圆

寂静的往往

往往都寂静

回忆深处，小径

线索埋藏何方

只是追忆

并不读取

孤独演说家

爱不过粉墨淡下的风

幽深沟壑里等线路变红

我的个性仍旧

过分自尊，悬挂着透明

或是说，字母编织迷梦

火箭比肩狂风

微醺午夜

冰块划破右手

冰凉的刺痛，雪

即便忧郁哀愁

特性也难永久

长满苔藓的肺叶

开合之间

彻夜清醒的鼻息

飞虫与青绿弥漫

愧疚和冲撞飞翻

森林里的动物安静听

夜幕也放晴

世界不懂的日子

空缺着流血

逐渐沦为笑点

供忽略和讥嘲享用

疼痛习惯供给酒精

消逝如烟雾四散

比尼古丁纯洁的蓝

终于我倒悬日月

营造专属黑夜

魔方摔向墙壁

塑料制造的麦克风

浮在半空

跳进手中

屏幕的自我意识熄灭

不指望鱼能

呕出一段描写

我轻装上阵

用体内仅存的哀愁

成功难道只是

自我过剩的追求

琐碎生活等

一串绝妙

当所有白色都苍老

灰色、黑色

铺满光和轨道

演说就在夜灯视线内

启程，永不老

反光暗示衰老

一切病症都可治疗

只是不管治好

金钱浆液香甜可口

往往是穷苦的人被噎死

死后的魂灵也要分出等级

等级最高者

转生对象并非人类

酒是还原剂或迷魂汤

萨克斯总是催眠

你却永不能睡着

西西弗斯的悲剧

潜伏进时代的眼睛

上帝们在云端操控

天气、极圈

作家手里的情节

寡淡的描写用鲜血增味

无毒的血清被渲染成毒液

被泼在皮肤！自然

在恐慌中停止运作

身体兑换海底宝藏

一根手指打捞一次

整扇则不限时间

饥渴的眼睛潜伏进

海的对面

星星的世界也有语言

货币是闪耀时长

牺牲燃烧的信念便可

换一朵香醇浓厚的云

为口腹之欲

牺牲工作所得

购买电池却无配套开关

额外价格尚需清算

格外苍老的土地恳求

星球断然拒绝

这是闪烁的证明！

奇迹温热，不，滚烫

所有星星沉溺赌博

最终炸开，化作

夜空陨落的绚烂

幕后，它吸取各星球精髓

圆滚滚消失于宇宙边界

闹剧终结，星河死寂

发光体是地球残余

人类制造的电灯泡

黎明催进休眠

激烈演讲戛然终止

我并不孤独

光下有影，暗里呼吸

台下死寂，热情殆尽

下次梦境遥遥无期

休眠模式

起初是扩散音浪
寂静、喧嚣，疯狂地激荡
渐渐抹灭，热情和理想
当任何人都拥有光

当茧膨胀为太空舱
所有烦恼都分门别类
如井然有序的字典
不懂残剩自我
灵魂发射，爆裂焰火
够几趟停泊或慌张

而我坐在天台长椅
隔绝人类，也不惧陨灭
手机调节休眠
星宿调和了解

仰望者忘却犬吠

大气里的稀有因子是他挚爱

流星划过，想法是船

满载过度乞求

贴紧它脸颊，如

月球亲吻日冕

寂寞不是利剑，是钝刀

瓦解伪装只在片刻

偶尔幻想贝壳项链

镶嵌我们脖子上

海水腥咸，席卷阳光

多温柔而和谐的图景

问我，便只说

不爱孤单，惯性使然

困倦是失眠者的奢侈品

一如海里沉金

漂泊终于有尽

一杯浓郁冰冷入喉

咖啡因的亢奋作用

让心脏骤然缩紧

光芒有尽，如冷漠燃烧
刺鼻的烟惹人厌弃
为你浓缩星球美丽，你却
将我的水晶球掷地

每日咖啡

——赠长春市桂林路某咖啡店

苹果冰茶美式

待成熟后，独立危楼

茶是清爽的晴日浓缩

保鲜梦境，放逐失眠

天与虹不入眼中

冰薄荷拿铁

微弱的冰凉暗暗释放

刚好的青涩，一如相遇

爱能留住巧合

清新极致，能够

荷花手打柠檬茶

气泡与酒精偷看

孤单的人细捻绚烂

致悲哀在爱里溶解

致值得纪念的平淡

葡萄气泡水

微微碎裂；七彩冷却

光芒栖息暗紫水晶

侵蚀，或弥补

如你透明

经典美式

浓郁无星的夜

苦味倔强横亘于虚假弥漫

亟需驱散困倦的眼

悲喜离去，轻轻

自由

还以为自由不过风筝

断线便能永久追寻

我将云与镜揉成一团

片刻的重量亦被摄映

蹚过冰凉的日子：

锋利难忍的过往

那时我怀念起无奇的阴晴

时常运用不当的平静

击碎琉璃和水晶

你的手掌决定我的天气

我攀越岁月感伤

只发现愈加高耸的墙

浓郁月光铺洒在脚边，希望

落叶被秋天点燃

我望见奔跑的海

生命的世界，浅而蓝

虫豸泛滥，蝶翼为帆

领航员是偶尔失联的风向标

它在风之外被找寻

离开了你，和你的眉

感到天国在呼唤

灵魂将肉体赠给天使

我浑身轻盈

气球缠进情绪中

却挂念想象的一切

你将自由递给我，说

分别后再拆封

原来梦在其中

你的软弱、退缩

以及因我而生的勇敢

如何拒绝你，你那

未经荼毒的心

污染宇宙奇境，你不过

想探索银河身体

不料招致星际通缉

浪里有寂寞溅起的白沫

越平实的句子越易跌入深渊

自由飘远、遮挡、不凡

你的眼睛，我忘不掉

我愿做囚鸟，无忧到老

丢弃宝贵理想

自由终于从栏杆缝溜走

或许我已疲惫，需要

舒适好眠一场，若故乡

能还原我的疯狂

偶尔在精神海里垂钓

一只皮靴

一个木匣

一串星星

突然嚼起黎明时蓬松的云

那是吸引气旋倒逆的晴

你说过，我只有

离开你，才能得到

自己；一尘不染的荧光

所以我尝试，也忘记

油炸过的言语，香鲜却油腻
多像过度美化的哀愁

怎愿，怎该，怎能？
尽头是缓缓而至冰凉
我见你，用被驯化的羽翼
切割木头，破除禁锢
要带我起舞或飞翔，乘风
为你，我拾掇逃脱的幸运
你要我自由却不为你
我钻出缝隙
咽下安慰剂
与你在万里欢欣
在不朽传奇
平凡的片段引人追寻
于是我；然后你
羽毛散落柏油路
前行，只为
最晶莹的水滴

遇见你

我不是个会聊天的人

直到你点燃星空

我才明了，当

流星亲吻宇宙

我和你的永恒

遇到了你的一切

悬挂日月的眉眼

推动我的时间

那碎片的口子啊

终归要向前

你是灵魂里不可或缺的晨

当喷火龙以天际线为界

吞没我的昏

你总能背负顽固灵石

填补我们未经岁月

当全部的讽刺钢针

戳碎甜美泡沫

你拥紧我，说

爱足够延续到

世界忘却生活

我便拭去卑微

努力向你勾画的蓝图里

投射追随和演进

我爱说感激

感激荒芜，感激平静

感激至无可感激

你仍旧手捧热烈

向斑纹和萎缩掷去

晴日的月亮压抑光芒

直到你与它同样

闪亮、美好到难以言喻

不在乎世界怎样看你

你被认作河底的石

冥顽、苍灰

在梦的边界抹杀期许

我懂你的内蕴欢欣

不奢求满分的永久

这样平淡便足够

我拥有你，是

最大的幸运

如若轻盈降落在沉重

你划破我的行踪

我不了解你的承诺

是片面的网格

或真正的魔幻

魔幻到能让一根

被水浸染的火柴点燃

我胸口有只被暴风折翼的蝶

在你的情怀里学会飞行

你的心，何等神奇的地方！

忧伤和错误得以原谅

宽广着流淌的房

偶尔借女巫的水晶球偷窥

你的心一如既往

纯洁、透明而沉重

我反悔于自己的狭隘

向你递上愧疚信件

祈求原谅

你小心地揭掉贴纸

捧在手心细细阅读

踮起脚够我的头

说雨和风暴都将平息

我和你的双肩包并列

惯常，我担忧

秘密被看破，无处可躲

与你却不能够

那样地担忧

我只率直地感受

你的温度，温和而沉重

像初秋席卷落叶的风

我的肉体远远相悖于完美

可你总；你竟能

将伤疤点成蝴蝶

给我粗浅慰藉

夜路危险，但你在身边
信念凝结成手电光线
在我的视线刻印痕迹浅浅
猛兽窥伺，我直视
所有审判的冷眼
匮乏的认知在
大气层静止、落雨
风和日丽的下午
与眼泪混合
微微的腥咸
被你的回应擦干

为纪念，也为记录
我们的日子，不总
有机会乘风

回音

偏好是网格里切割到的

公正的概念，我给你

如果逃避给我单调的眼睛

我该如何给你一段

整而不碎的晴

凭借与你，我

压扁梦境，嚼碎心情

日子不过流水里渐进

我终究划破你的心

惨淡的印记，海底

贝壳和失落宝藏的视线

声呐探测鱼群

我则用一抹鲜红

解码你的心

潮湿的奇境人迹罕至
我看你，在霓虹里
走向相反的情绪
像你不曾掌控我的天气

想等你；想
吞下一颗被你留白的星
编织的动作是
挑衅，亦是证明
奇迹不在，我手里
你的面孔仍旧年轻
都拥有彼此的一段时光
却仿似坐拥水晶
归还给纪念；风
赠送给视线；月
目光是雨里欹斜的荷花
等站立位置的批判语言

你是一天；甜美而永远
会不会某天，你不再
是我的需要
而我成为你的卫生纸

撕下、使用、弃置

流水一样自然

像不曾闪耀

像永远闪耀

我的悲泣是你天空里

无关的雨，填补

廉价空缺里的

杂乱无章

但我想，时光是

点状的延续，线状的奇幻

所以往往是虚幻的

都不与挤压有关

如果风筝将自己剪下

全部给风

将收到光芒吹送

祝愿终究不需懂

化作涟漪的神坛

神秘符咒记叙

被控制与控制

被摧毁与摧毁

爱与被爱包含之间

我置若罔闻

掀起迷惘的夜

扑面的花火

蓝色的浪潮给你

也给我，如果多

被磨灭的感受

晴空被倒挂的蝙蝠消灭

对于给，我从不吝啬

闪耀和无华的都

不被你接受

我收起急于试探的梦

耐心斡旋在歌颂和背叛中间

违逆天意，终得纯蓝

你的风衣我还留着

气味和颜色，是不被

惦念的线索

纯粹也许不在；意义却需有

毕竟冷淡的液体

不完全在杯子里流

刻意渲染卑微美感

等一场，等一串

等所有船都不再使用帆

像我见你那样平凡

集爱册

一

看着你的眼
我未曾抵达的世界
此刻，唯愿
你一生平安而满足

不希望你不情愿地走
我未涉足的路
你该如风
自在出行
可垂钓，可裁云
可大笑，可摘星

二

看着你的眼

猜不透其中的子虚乌有

一片混沌，我怀念

初见你时的单纯

可时光列车不为谁

停泊或更改

我也只是怀念

也只有怀念

也只能怀念

你知道吗

八月的雨

已有些凉了

三

看着你的眼

关于梦想的笑容更真切

你是我饲养的圆球

你在冷风里发抖

关窗、暖气

你在饥饿里号叫

投喂、抚摸

你让我的天
有时能放晴
你的寿命短暂
我要一直陪你

四

看着你的眼
我将一切，我有一切
你和我的世界
交界，慢慢地变成圆圈

如若晴天被日子磨灭
我的热情，消减
分离的恐慌不敌此时甜蜜
我拥有你，如此
天堂里的游戏
温柔和流经

五

看着你的眼

离奇和思议里渐缓

我的疑虑，绕弯

断绝冰凉片段

你的视线，回转

迎向亟需帮助的我

素不相识的暖

蔓延在城市边角

用黑夜擦净

星星更亮

以更好反哺世界

六

看着你的眼

历经爱与背叛，万千

目光在麦田守望

与稻草人交汇

而后更远，向

我历经许多爱

未曾与人并肩

只需一片海

不止一片海

总之，时间

和共度时间的人

共同与海

剪碎理想，缓慢播撒

有你足够，不需粉饰

窥探世界的爱

幻想打破孤单

终究浅笑

因爱，亦非

江河

洋是一面亘古不变的明镜，映射时代苍茫、历史兴衰。海是一只昼夜明睁的眼睛，目睹万千生灵在其皮肤上的涂鸦。江河是一双柔软温暖的大手，托举河水，成全鱼虾，无数梦想于掌中央绽放。

相比于湖泊的自我闭塞和海洋的过度开放，江河更像是微微内向的独处偏爱者。尽管明了自己深爱的一切最终还会拱手让给大海，却依旧有向绝望的深渊窥探的勇气。平凡人的生活，需要这种勇气。

表面的浮木会随海水腐蚀，最终灭绝，轻浮的沙砾沉淀至底部后杳无音信。唯有认真书写存在的生灵拥有在冲刷和拍打中洗涤灵魂的机会。

川流不息的江河可能从身旁掠过。而此刻，我斜靠雪白栏杆，聆听水的音乐，品味风的温柔，远方不远，就在心间。

如云

　　生活不是一趟沿轨道前进的列车，一旦拥有反叛的意识，便会让车上微缩的世界失控；也不是肥皂泡里的星星，在指尖碰触的一刻破裂，徒留几滴肥皂水在草地上证明存在。生活，是一朵居无定所的云。

　　气象学家们爱研究云的种类，诗人们便探索云在生活中的可能性。把生活放在蓝色砧板上切开，每片都是一种云。

　　痛苦挣扎的情感升腾成积雨云，阴郁的灰在对流层头顶调着浓淡；卷层云笑着撩起面纱，向饱受摧残的大地露齿微笑，那是我们微小的骄傲和明艳的欢喜；淡淡的忧郁从烟斗升腾成高积云，化不开的情绪哽在喉咙，等待一个拥抱让它退潮。与其说生活像云，不如说每朵云都有喜怒，遵循云朵阴晴的规律与逻辑，它们的生活被人观测，也被人歌颂。

　　云的生命是短暂的，生活也有尽头。我珍惜着与每一朵云的相遇，也爱着生活中所有给我勇气抵挡现实风雨的人，因为我知道他们终究无法抵达永恒，只要在离别前尽情欢笑、享受占有彼此的岁月，便不会在人生舞台落幕时悲叹。

夜盲

　　身处平野之阔，便想眺望江河；身居桃源烂漫，便不思虑外事。环境是一滴墨水，我们是一尘不染的纸。环境更改颜色，我们更替脸色。正如在昏暗的视野下呼吸良久后，便能够适应黑色的视线与脉搏那样。

　　然而夜盲者坚决与暗色分割。在荒芜的世界，紧握一片微薄的荒凉，默默守着。或许长夜无尽，可能日出无期。黯淡的眼眸里燃烧着希望的火。那滴墨水驻足在他的表面，温凉地灼烧还未褪色的灵魂。决绝的身躯燃烧火光，霎时间将明亮遁逃的穹宇照亮。当日光降临大地，冲洗所有因黑暗受尽悲痛迫害的日子，夜盲者掌中的赤焰终于熄灭。往后的人生，普通人会被大火焚尽记忆、熔铸脸色，融入崭新生活；而夜盲者伪装得平凡，如未曾唤醒世界沉睡的寂寥。

　　只是夜深，夜盲者明知白昼将在几小时后莅临，却摸索着起身。他要看，用无言的空洞看，这尘世的虚无中，有多少并不夜盲的人每逢深夜就病情发作，又有几个夜盲的人在入梦时牵挂月球与陨石无间的曾经。

演出

日子的舞台上，他日复一日地表演。垂败和绽放的脸，有时是同一张。正如鱼忠于拥抱自己的水，他忠于每场表演。

演出，有趣的艺术概念。当表演者挑选词句、排练、预演时，生命中闪光的联结便在他由生疏到熟练的过程里缔造。观众付出一段时光，聆听和观看；而他将岁月放进温润的梦里，诚挚地包装，最后捧到台上。他偶尔闭塞心门，沉入海底，黑暗莫测的世界中，他手腕上的玉石是少数的光。沉溺、浮潜、上岸，他在岸上，不染尘埃；而我们，漂浮在他制造的海里。

他把生活的微酸和苦涩写成歌，自然，也包含甜美的片刻。当旋律线在空旷的世界或期许的目光里流淌，他心底的角落向感激投递微光。飞行的日子是他关于天空的记忆，泡沫般细腻洁净的云层上是飞鱼和日光。飘浮在梦境与现实交界的我们，在一场梦幻的演出里靠近永恒的边界；而他，以温暖的笑脸迎接蹉跎年岁。当美好的情感都过期，他独自守在舞台，像怀念，像坐拥细碎的甜美。

不忘

　　总有一个角落藏着深深浅浅的光。作为漫漫时光里跋涉的旅人，我们常常遇见难以忘却的记忆。它们是鱼刺，用疼痛卑微地证明存在。遗失的章节在和风中各奔东西，我愿将自由赠予我创造的城市。却有一滴浓缩沉淀在心上，火焰一样烧灼回忆深处的伤口，带来难以平复的隐痛。

　　有时想，或许唯有忘却方能解脱。思念囚笼的钥匙往往在自己手中。手提油漆桶和大刷子，决意涂掉一切，关于想念的那颗心。但绞痛提醒我，抹消关于星光所有的记忆还未达时机。索性丢下迷惘和挣扎，独自在精神海洋里垂钓。不期望丰收，只想偶然遇见一点儿纪念，只属于自己。

　　拒绝遗忘似乎已成固执。我坚守过往，那时雨还没泛酸，天是无忧的蓝。透过望远镜，一对麻雀停泊树枝，相约携手共度锋利的时日。我在湖心，向尚未冷却的幻梦徐行。偶尔光线晃眼，用手遮蔽；时而情绪暗涌，默默平息。

蝶变

　　华丽的光在耳畔掠过，惊奇地交响。我充耳不闻，隐忍着声色，盼一湾梦。

　　眼角流泻银白的丝线，我在雨水的暴烈和阳光的抚慰间失眠。偶尔感知云吞噬光线，我想，那是我的同类，毕竟都爱时间，却不被闪电挤碎。

　　蛰伏的日子是无声的雨，在我心上细细流泻。每滴温静都被岁月浸润，滑而不脱，重而无负。将水温柔的力量紧握手心，我要等一场由风倾覆的曾经，一次让梦染红的旅行。

　　偶尔闪过永远沉寂的念头，当花瓣停止被柔风吹送。未曾让世界了解心绪，一如我隐匿的行踪。然而我懂，树的默默在说，鸟的叽喳在说，我要如何。

　　冰冷年岁转瞬即逝，我的翅膀，向梦想的尽头追。春日已至，万物天蓝。我抛下刻骨铭心的背叛与刺痛躯壳的苦痛，轻盈地跃上阳光脚下的尘埃。

醒梦

海洋与梦境的界限在日复一日的清醒与沉醉间融化。奇迹是魔幻的传说，在冷淡的光束里销声匿迹，任我徒劳找寻，冰冷的河不露行踪。

常常感觉疲累。夜的漆黑为我的灵魂带来亢奋，让我乏困的躯壳不得安息。雨是神的巨手，不经意地创作，淋湿眼睛，在手指缝间滋长青苔。于是我在长久的盼望中睁着双眸，延续梦境。

一朵花遮掩绯红面色，成为我梦里角色。一条虹思路跳脱，潜入海底角落。一只猫踏着无声步伐，往猩红退缩的时刻躲。这些都是我，却不像我。

山野柔风吹送，阳光无声诉说。在麦浪涌上，咖啡冰凉的片刻，坐在摇椅上的我想，其实美梦与噩梦都相同，不过花海中的无花果。

最美的失衡总在失落蔓延时发生。没有思绪能贴紧永恒，更何况我脆弱的梦。在黎明投递光线时的欢喜被日常切碎，我仍是被平淡压缩的饼干，在短暂温暖的牛奶里浸泡过，便不愿迎接尖利牙齿的考验。

梦碎的一刻，我被轰鸣声惊醒。生活铁面无私，无论何等困倦，日子总是要过。

虹桥

老树怀抱里，沿叶脉聚集的雨滴轻轻列队前进，要往云那端去。

骑一朵属于我的云，怀揣世界赠我的好奇，我紧跟沉醉与梦醒，那是造梦机也吐不出的光彩绚丽。

雨落不过一次逃离，并非死亡，亦非腐朽。它们或沿命运河流向最深最暗的地方走，或驻留叶片花瓣等柔风吹送身躯蒸腾，或停在最闪耀的一片鱼鳞上，随时间的浪慢慢流，失散也有失落的风景。

分离体内的纯净，等待不醒黄昏或不眠黎明。水滴们染上污浊也仍旧年轻，若你懂得一颗心如何打磨自我，便会了解水怎样将黑色洗去，只留明媚点滴，给世界，也给自己。暴雨淋湿我的衣，灵魂却仍旧干爽洁净。

终于，生辉的年月笑着、闹着、吵着，拼贴一座桥装点寂静。我在心中最深的森林寻觅宁静，擦亮彩虹边角，顺便闻闻梦想膨胀后欢欣的味道，拥有迎向倾斜苍穹的勇气，便不惧暴风骤雨。

气球

　　飞机途经你的穹苍。你想，云的那端是何等寒凉而神奇的地方？然而你拥有的不过一张涂写欲望的网，偶尔倾斜。

　　软而脆弱的外壳是你的皮囊，膨胀的稀有气体是你的灵魂。密度演算后，你的肉身拥有飘浮的可能，比起飞行器的环游宇宙，你只能在限定的情绪里吞吐浑浊的空气。

　　一位老妪组合你，一个女孩买走你。你漠然凝视这一切，空虚的框架为你锁上了思绪的窗口。细绳是限制还是寄托？尾部的微微刺痛和身躯的浮浮落落给你答案。

　　女孩失手，忘记关闭你的囚笼，于是你抟风直上，用尽所有向往。命运是断线风筝，诡谲莫测。你被钢铁穹顶阻隔信念之火，熄灭那声如生存的嗤笑。

　　幽暗年华在身侧划隔界限。重生是咖啡液渗入冰水，缓慢而无觉，却能引发蝶变。你了解，灵魂会回归大气的母体，而皮囊，将会在缓慢的分解里反哺大地。气球的一生都在等待下个周期，每个周期开始时亦是如此。我想，只有风能逃脱定律。

花丛

我错失捕捉星星的时机，任陨落的痕迹在凡间刻画海浪。磅礴尽头，伤痛和愤恨被月光轻抚，在深邃的过往里生花。

稻浪是风光落尽的杰作，花丛是晨光熹微的妆容。风信子在和风中递送幸福，旧时代的慢文化被四季祝福；洛神花将试探贯彻到底，舞姿撼动冷静岁月的眼角，两滴清泪落下，生命的重量在期盼里缓慢减少；矢车菊故作忧郁的脸与炎日相遇，冰冷的脸色潮水般褪下，仍蓬勃的心苞临土壤，点亮四周空气。

我将灵魂化成蝴蝶，穿行田野。鹿不必弯下脖子朝人问好，兔的耳朵捕捉每朵花开的声音，鸡脱下人工染色的外壳，披着自然羽毛向所爱者展示。花丛里没有灰色的眼睛，一切都温馨而透明。

直到视线收回投射，直到左手捂紧月球，我沿着梦的动线回收埋下的线索。原来整片花海是你瞳孔里最深处的寻求。终于我疲累，在你心上睡去；而你默默将伞立在我头顶，晴日阻断汗水，雨天抚摸眼泪。

后记

坐在咖啡馆的一隅写作，喧嚣和穿行的人群被半透明的窗膜隔断。若安坐于此，只能任由视线勾勒一串与闪光招牌擦肩而过的黑影，无从分辨每张脸孔。我想，写作亦是如此。作品是窗膜，读者从内向外望，我的作品不断掠过，深浅和浓淡在光线的巨手中调和，每个人都看到一部分被模糊的我。

写作是自我拆解的过程。每次发自内心的创作都源自一角的我，然而倘若把全部的创作拼合，却不能与我等同。每个创作者都会有所保留，无论是否承认，即便将全部的我如数奉上，在雪白的画布上也势必会经过扭曲、变形与重组，最终呈现的我也不过一张画像。

但如果将真实自我隐瞒，交出虚假答卷，在过程中可能得到轻松，可结果上势必会令自己羞愧、令读者不齿。故而我一直奉行写作的真实性——不是指写作的事物必须全部来自现实且不做任何加工，而是指写作者必须将真实感受写成作品，无论感受源于生活还是想象。

这是我在新作中主要贯彻的原则。马尔克斯写作《枯枝败叶》《族长的秋天》时与写作《苦妓回忆录》时的心境必然不同，就连以魔幻现实著称的卡夫卡，也有《在流放地》和《骑桶者》两篇压抑程度不同的作品。我在写作新作品时，历经许多同龄人一生难以经历的奇遇，无论当时的痛苦多么不堪，我仍将所有痛苦当作财富写成作品。我明了这是创作者的使命，尤其我算是个自命清高的创作者。既然所有创作都是真实自我的反映，势必要再掀起伤口，不为消毒，而为观察与记录。所幸"时间的锯齿／它足以疗伤"，崩溃的回忆淡化为能主动提起的往事，这是我的幸运。当我重读那些昏暗的诗，像在明亮处观看暗室。我想我亦是幸运的，许多手织成安全网，在我昏迷、下坠时给予支撑。

　　这部诗集自然也有欢快颜色。人生需要忙里偷闲，更需要保持乐观。对我而言，前者常常，后者从未。所幸我还有文字，它们将我的欢喜与哀愁悉数记录，让我在重读喜悦的诗时嘴角上扬。我从不认为欢乐是人生的主基调，不过在纷繁世界里，我们可以从快乐的诗中汲取面对暴风雪的力量。

　　生活化是我对作品的一贯要求，在新诗集里也不例外。但由于部分诗歌的写作主题需要隐晦的表达方式，我用大量意象和虚幻化的情节对整部作品进行包装，对其中一些着重包裹。著名作家余华说（大意），世上有一种作家摸索出风格以后写所有作品都往这种风格上靠，还有一种作家根据作品的需要灵活变换风格。我认为我属于后者，故而在新作里频繁更替风格，但不变的是对语言的简练性要求。

2023 年 12 月末到 2024 年 4 月中旬，我三个多月没写过诗，只是阅读诗歌和小说。我在阅读他人作品时不断思考：一首能让我满意的作品应该怎样写？直到 4 月中旬一天，我在出租车上写下一首《天才与重力》，那时我了解，语言简练必须成为我诗歌的第一要素，其余都是次要。以往冗长的作品都被我删改，我需要凝练的表达和出其不意的效果。最后我写出《傀儡操控师》，基本达到极致简练，之后的作品逐渐放宽标准，但也始终铭记这一点。

新诗集收录了我 2023 年 8 月至 2024 年 10 月的部分作品，命名《云埃》。我希望自己的想象能抵达云端，彰显幻想的无穷潜力；也希望自己的生活隐入尘埃，切实体会人间酸甜，将不朽与腐朽同时收录笔下。

这是我的世界，钥匙现已递入你手中。

李宜诺

2025 年 5 月